The TASTE of CHERRY
樱桃之书

杨昌溢@飞机的坏品位 著

重庆出版集团
重庆出版社

每个人心中所希望的 与最终所抵达的 都会有一段距离 这才是生活

序

这次的旅程,从泰国出发,游经斯里兰卡、印度等地,是一次全然放松的、不受时间、日程等因素制约的缓慢旅行体验,书中很少提及具体的景区名字,以及如何让自己收获更多的旅行建议,因为总觉得旅行是非常私人的体会,如果要重复他人所走的路,错过了那些本应等待你自己去开发与体会的线路以及私有感受,岂不是太过浪费了。我在曼谷的红灯区谈到了人与人的情欲关系,在斯里兰卡的旧火车厢里谈到了纯真与善良,在印度的古城里聊到了爱与死亡……我以为,当一个人被放置到另一个陌生的城市或空间里,除了他所看到的美景,他的内心与那个新的环境所产生的细微变化,是我更愿意去观察和阐述的。

泰国

A Carriage Smells Like Jackfruit 005 榴莲车厢

The Treehouse's Night 009 树屋之夜

Dual Mint 015 双重薄荷　Temporary Company 019 临时伴侣

The Lust in Bangkok 025 情欲曼谷

Satisfy the Plate with Vanity 031 虚荣餐盘

Desire Balcony 035 欲望阳台

An Afternoon with Pigeons 039 鸽子午后

Broadcasting Station of Prejudice 043 偏见电台

The Locked Door 047 反锁木门

Sad Swimming Pool 051 伤心泳池　Lampang 057 南邦小城

Sleeping Physiotherapy 061	睡眠理疗
Four O'clock in the Afternoon 067	下午四点
a Mom and the Daughter In The Sunshine 071	阳光母女
Visiting the Gallery 075	去美术馆
Bookstore and the Geracomium 079	书店与养老院
Gift in the Elephant's Faeces 083	大象粪便包装礼物
Boiling Eggs in the Hot Spring 087	煮温泉蛋
Noon Break in the Wood House and Tom Yum Kung 093	从木屋午休到冬荫功
Chicken Rice or Mango Rice 099	海南鸡或芒果饭
A Field of Rice In Front of the Door 105	门前稻田
Psychedelic Street 111	迷幻的街

斯里兰卡

Strange Passengers ¹¹⁹ 陌生旅客
Endless Sky and Distinct Clouds ¹²³ 蓝至无边的天空 以及层次分明的云
Colorful Wall ¹²⁷ 彩色的墙
Take My Boat, Promise Me ¹³³ 答应我 坐我的船出海
A Train to Hell ¹³⁹ 地狱列车　Morning Rhapsody ¹⁴³ 清晨狂想
A Japanese restaurant ¹⁴⁹ 日本餐厅　Visiting the Whale ¹⁵³ 出海观鲸
Bus in Foreign Lands ¹⁵⁹ 异域巴士

Language Problem 165 语言不通

The Edge of the Sky 171 世界尽头   House on the Hill 177   山上小屋

Slowly as a Slowly Train 183 慢火车 火车慢   Hill City 187   康堤

The Rain Stopped 193 雨又停了   The Best Company 199 旅行伴侣

Strolling Around the Lake 205 湖边漫步

Evidence of Naivete 211 纯真的证据

印度

Curry India 219 咖喱印度

Mint Street 225 薄荷的街

Indian Style Massage 231 神油推拿

Soul Pursuing 237 午间灵修

Utopia City 241 乌托邦城

Crow's Day 247 乌鸦叫了一整天

Old Town, Cherry Tree, Cat and the Corpse 253 古城 樱桃树 猫 尸体

Art in India 259 God's Own City 265

泰国

从海边的石阶走下
看到这位背包客从高处笔直地走过
一路上你会看到
各种各样的人
他们或独自出行
或与家人为伴
你会好奇他们为什么来到这里
又是什么驱使他们来到这里
又在这里找寻什么

a Carriage Smells Like Jackfruit

榴莲车厢

这是一节完全混乱的车厢,我们从侧门上来,前面走着的,是一位日本男孩儿,大概他是单独出行,有些过分苍白的脸,目光却透露出单纯。朋友将行李任意丢在行李槽里,出于本能的多疑,我问:"这样没问题吗?我们好像得往后面坐,才可能有位置。"他说:"只要留意着就好。"因为是和朋友两人出行,所以,总觉得有所依靠,互相得以照应,可那位单独出行的日本男孩儿却把行李一直放在身旁。

好不容易找到合适的位置坐下,邻座的两位疑似菲律宾人,大概是喝醉了,一直胡乱地说着听不懂的话,唯一听懂的,便是不停地重复"sit down sit down。"朋友说,曼谷除了夜晚,整个白天，户外的任何地方，你都没有办法逃避炎热，准确说是闷热，在火车厢里，也如此。并且，火车不像飞机，大家都会刻意注意仪表，所以，穿拖鞋的、半身赤裸的，充斥于每个角落，继而也有各种味道夹杂于空气之中。突然，那两位争吵的菲律宾人，用蹩脚的英文询问坐我对面的、与我同行的那位朋友："你们来自哪里？日本？"朋友说："不，我们来自中国……"

有时，一节车厢，只需要一个人，就可以让整个旅程产生截然不同的体验，这两位酒鬼，让原本就闷热的车厢多了更多燥热。好在，快到站的那半个小时，车窗外突然开始飘雨，亚热带植物的气息扑面而来，那位日本男孩儿突然掏出相机，开始拍窗外的景物。透过镜头，我看到外面一棵大树上，有一只松鼠，单纯简单的日本大男孩儿将它收入在自己的镜头里。

the Treehouse's Night

树屋之夜

出租车司机，一直不太愿意载我们前往要去的酒店，理由是太远了，在反复请求下终于答应载我们一程。朋友拨通酒店的电话，叫司机与他们确定具体地点。司机对我们说，等会儿我将车停在河的对岸，因为你们要住的酒店，是筑在河的对岸一棵大树上，于是我们有点诧异地期待着这到底是怎样的一间树屋酒店。

车停了，司机友好地向我们挥手道别，示意我们往浮桥边走。果然远远的，一只小船向我们驶来。在泰国，你会不停地获得意外，就像刚刚我们还在拥挤的公路上没缓过神来，现在已经坐在了乘风破浪的船只上。恰逢黄昏，天边的夕阳的影子洒在河面上，很迷人。没过多久，我们的正前方河岸边，一位女士向我们热情地挥着手,她是我们的接待,带着天使般的笑容。靠岸后,我们顺着起伏的木桥,向树屋走去。果然是曾在电影中看到的那种富有层次感,又与大自然最完美的融合。服务员为我们送来了两杯紫色的冰水,大概是黑加仑之类的,然后把我们送到了一个同样木制的小屋里,里面有一台小冰箱,她告诉我们这里面的冰淇淋与水,可以免费享用。顺着一条长廊,来到了我们的房间,我留意到门前栅栏上放置的几块石头,服务员立即向我们介绍道:"这里的所有标示及小物件,我们都希望它是自然的,所以,几块石头,就表明这是几间房。"推开木制的滑门,非常宽敞整洁的房间,开放式的卫浴,拉开窗帘就是前台,合上窗帘,又像置身于热带丛林,这种与大自然零距离接触的感觉,让人觉得放松。梳妆台上放了两个椰子,在椰子的上方附带了一片写满字的芭蕉叶,写的是我们的姓名,以及"欢迎在这里度假,并免费享受里面的所有东西"。

顺着木制的楼梯,我们到了卧室,非常干净的白床单,床头是可以看到外面热带雨林的窗户,一盏亚麻灯罩的台灯,很温暖且舒适。我们放好了行李,淋浴完了,出门吃饭,那时夜幕已经降临,其他房间的客人也陆续出来,坐在了用沙袋当椅凳的木榻上。我们点了店里的一些推荐餐品,当然也是一如既往的奇怪味道,比如在菠萝上放有一坨有点麻辣味的肉酱,有三种颜色的甜辣椒配虾仁,芒果饭……这里的晚上非常安静,边吃饭,边能听见屋檐悬挂的风铃声。

第二天醒来时,大概是上午7:00,拉开布帘,远方的稻田、椰树、各种飞舞着的鸟儿,完整地呈现在你眼前,朋友还在熟睡,我顺着楼梯,上了天台。才发现,每个房间的屋顶都有一张吊床,可以在上面平躺着看日出,你会感受到前所未有的平静与惬意。在这样的地方与情景下醒来的早晨,你会觉得特别奢侈,然后会意识到平日的粗糙。

Dual Mint

双重薄荷

从房间走出,还带着懵懵的睡意,走到那个有冰箱的小屋里。打开冰箱,分上下两层,第一层是薄荷味的冰淇淋,下面那层是用巨大的透明玻璃瓶装的纯净水。想到之前服务人员说这些都是免费的,就得心应手地取了一杯冰淇淋,往一旁的书屋走去。

那是一个半户外的,由几片随意摆放的沙发垫构成的书屋,你可以平躺在上面,阅读或者休息。当然,你还可以自己选一部影片,用正前方的投影仪进行播放,总之,让你能在酒店里更好地消磨时间。我点开邮箱,收到一封匿名邮件,是一位已故女孩儿的男朋友写给我的,他说:"她生前非常喜欢你的书以及你说的话,今天是她的生日,希望能获得你的祝福。"我看到信的一刹那，心中立即为那位离开的女孩儿祈祷，我看了她男友发给我的图片，可以想象那一定是一位单纯，充满爱的女孩儿，我无法去预想这位同样年轻的男孩儿，以及她身边的亲人，是如何的沮丧与悲痛，只希望她能在另一个世界，感受到他们对她的爱，以及祈祷。因为我的私信功能一直是开放着的，这些年便时常收到不同的人给我发来的信件。他们一直在说，我给予了他们怎样的力量与方向，而事实上，他们所对我反射出的力量也是无穷且持久的。有时，我也会疑惑，我到底为什么写作？当我在想它所要达到的目的时，总会有更多的答案飘散而来。

也许你的一句话，让性格内向、左右无缘的人找到支撑与依靠，也许你的精神，或者你的整体形象，已经进入到某些人的记忆和生活里，他们把你当成灵魂伴侣、一位不在场却随时能感应到的朋友，就像那位逝去的女孩儿一样，虽然也许我们的沟通，会暂时隔离，但我们共同吸引以及想延续的价值观及精神，依然持续着，不是吗？

Temporary Company

临时伴侣

一个人走到廊桥上，桥的两旁是直接用沙包当靠椅，供客人休息的露台。一对外国情侣平躺在露台上，却一直握住彼此的手，这让我很感动，也心生羡慕。他们一起牵手去到了哪些地方，经历了多少沿途风景，我们不得而知，但至少你能感觉到，自由在他们身体中划过的那种特有幸福。

我抬头往高处仰望，发现树上挂了一些随风飘荡的白色丝带，让这片天地多了些梦幻的感觉。因为我们算是住在一个小岛上，所以，去任何地方都得坐一艘小船到对岸，虽有些不太方便，但似乎这种与城市有一些距离的感觉，反而是一种可遇而不可求的体验。我们似乎已经习惯了生活中一定得有的出租车、二十四小时便利店、地铁、购物商场,而这样的旅行,让我们体验到,世界的其他角落的人们,他们是如何生活着的,简单却自足。凌晨,躺在床上,依然能听到外面接送游客的小船发出的声鸣,我在想他们的生活,也许就是这样日复一日地在岸的两头来回度过。有时,会走到树屋的后面,那里有一条两旁都是篱笆的石板路,顺着这条路走下去,就如同来到了另外一片天地,远离曼谷的嘈杂与都市气,完全是原生态的。长长的石板路,两旁是丛林以及当地的木屋,黝黑的小孩儿骑着自行车从我们身边经过。一直走到底,左拐,就到了当地的周末集市,各种水果的榨汁、鱼蛋饭、薄荷咖啡、咖喱鸡肉饭、芥末米粉……各种奇异的小吃充斥于你的视线里,我们选了个靠河边的小店席地而坐,几位腼腆的小孩儿拿着餐单,圆鼓鼓的眼睛盯着我们,但他们中没有一个能听懂英文,便立即找来了另一位混血小帅哥,他似乎主要招待外国游客,非常自信地听着我们点菜。我们的邻座是一位法国男人和一位越南女子,在泰国,有很多这种"临时伴侣",大多是在网上联系好女伴,然后,陪吃、陪逛、陪睡……这也算是当地的"特产",遍街皆是。与之前的那对连休息时也要手牵手的恋人相比,这种临时的恋人关系,也只是另一种形式的爱罢了。

总觉得我们有时太计较爱的形式了,其实,爱本身就是一种可遇而不可求、抽象的状态,它可以很庄重,也可能存在于人与人的短暂瞬间,灵光一现。所以,你很难说这样的"临时伴侣"就没有爱,或者坚信那种长久的、固定的恋人关系,就一定是爱得充足的。你只需要准备着一颗随时等待被感动的心,便足矣了。

the Lust in Bangkok

情欲曼谷

清迈也许好一点,但曼谷是没有清晨的。

早上一睁开眼,阳光总是透过你的窗帘缝隙告诉你"曼谷的一天已经开始了"。你会听见车水马龙交织而成的声音,偶尔又能听见几声鸟叫,还有交警的口哨声……顺着走廊,来到了露台,随意地放置了几把沙滩椅,有一位金发女人,一边眺望着外面的街景,一边抽着烟。这边很流行那种用树枝藤编织的、如鸟笼一般的坐椅,坐在上面感觉很放松。这是位于 Soi Yommarat 街的一间简单的公寓式酒店,我们选择在这边入住是因为靠夜市比较近,并且离地铁站也只有十来分钟的步行距离。这边的夜市是真正开放式的夜市,有一条街,名叫"Boy street"。走到路口,你就已经看到了，大大小小各种标有"海洋男孩"、"fresh men"的霓虹灯牌。另一条街，听朋友说全是住的日本人，我们便顺着这条路一直走到底。日本的 Logo 总是那么特别，每一个店招你都会觉得充满了童趣以及想象力。比如有一家海鲜店，门前就有一只巨大的龙虾，并且还会动，还有放置了哥斯拉在门前的啤酒屋等等，我们走进了一间还算低调的料理店，有一位阿伯为我们开门，并一直鞠着躬，一进屋首先看到的，是一台旧旧的冰箱，上面放了台老式电视机，里面正在播放棒球赛，估计是比较重要的对决，因为客人们都聚精会神地盯着电视机的方向，并时不时地发出赞叹声。一位非常"日本"的女服务员向我们走来，问我们需要点些什么，当听到一些也许不太明白的英文单词时，露出非常可爱，且扭捏的表情，你都不好意思为难她了，随便点了几份招牌菜。坐在我们邻桌的大概是一对常光顾这家店的日本中年大叔，向我们微笑地点点头，然后继续专注地看起了棒球赛。环顾屋内的摆设，感觉像是一家千年老店，已经铺满灰尘的招财猫，透着荧光蓝的冰柜，纸质的灯罩，墙上挂有穿着和服的日本欧巴桑挂历……这家的冷面的确是我吃过最地道的，非常爽口细滑，调料也与之前在国内吃的不太一样，芥末也总是能憋出你一地的心碎。

从料理店走出,已经到了红灯区的黄金时间了,街上三五成群的粉红女郎,已经开始招揽客人了,这就是完全让你视觉不知疲惫的曼谷一夜,呈现的总是比你要的还多。

Satisfy the Plate with Vanity

虚荣餐盘

在一张表面铺有镜面玻璃的餐桌上用餐,顶上的树影全部投射到桌面里,非常欣赏设计师的创意,让用餐的心情得到最大限度的放松与充满想象力。

然后白色的盘子、刀叉、各种美食依次将整个桌面铺满,但你依然能在玻璃缝隙看到树叶的倒影、偶尔飞过的小鸟,以及蓝天白云。这样的用餐经历对于一位写作者来说,并不是时常都有机会亲历的,甚至可以说是有些虚荣和奢侈的,但我想只要有这样的机会,几乎是没有人会愿意拒绝这种虚荣的,因为在人生的某些阶段,可以适当犒劳一下自己,也算是对平日努力而来的成果的一种奖励。谈到虚荣,突然想到以前念初中时,曾喜欢过一位胖胖的女孩儿，我自认为在追求女孩儿这件事上，天赋不够，所以在某个情人节里，我随意买了盒并不名贵的巧克力，送给了那位女孩儿，但当我在那个下午将巧克力递在她手上时，我明显感受到了她的失望。而那时，我留意到她身后，她最好朋友的课桌上，那盒有名的LOGO，漂亮的巧克力礼盒，一切都显而易见了。从那时起，我就了解到一个词"虚荣"。后来，工作了，认识的老板、客户以及各行各业的人多了，虚荣这个词儿更是频繁地出现在我的大脑库里。比如，老板们都只选择某几个英文字母组合的包，在餐厅吃完饭，非得报上大名，获得VIP礼遇。坐飞机，如果因客观原因，被调到经济舱，整个飞行过程都闷闷不乐等等。这些在我看来，虽然有些刻意，但也在情理之中。

人嘛，毕竟各有各的追求，只要是令自己舒服、愉悦，又不伤及他人，都是可以容忍的。只是，就我个人而言，偶尔能有那么一两次，在树屋里惬意地品着美味佳肴的经历，已经足够了，其他的时间，还是平稳、舒坦地生活比较自在。

Desire Balcony

欲望阳台

又在一座完全陌生的古城醒来,推开木制的、带锁眼的窗户,可以在阳台上俯视全城。阳台的地板是宝石绿的,有两个花盆,上面开了黄色的、叫不出名字的花。有时,会有几只鸽子从你窗边飞过,你能听见各种鸟儿的声音,以及TUTU车的声音。

昨晚,还算睡得比较好,也许是做了一次彻底放松的泰式按摩。傍晚,和朋友在古城的河边儿上闲走,草坪上,有女孩儿在做着瑜伽,时不时会有穿运动服的小伙儿,从你身边跑过。也许这里的人都习惯在太阳下山时跑步,整个村落看上去悠闲,且又充满活力,好像不被任何外界打扰,生活在保有原味的缓慢节奏里。在河边上简单吃完当地小吃后,我们发现,在街道两侧的草坪上,有很多人在地毯上做马杀鸡。以前都是在昏暗灯光的室内做，这次终于可以平躺于户外，做一次当地最地道的按摩了。泰式按摩非常不同之处在于它的确是一种"用生命在按摩"，按摩者的身体会与被按摩者的身体产生更深度的交流，而不只是一些刻板的技巧与动作在你身上敲敲打打。特别是，又在这样的户外，与大自然的融合，整个过程更像是一次与身体对话、和解的哲学。

有人说"旅行是从自己活腻的地方，去到别人活腻的地方再腻一次"。这是何等消极且无趣的论断呀，其实，有时候走出去，更像是一次打开自己视野，让过去封闭狭隘的心得以释放与获得更广阔智慧的过程。况且，若你不试图去到一些陌生的、却又特别的地方，去经历感受一些新的变化，那么，岂不是一直置身于"活腻"之中？

在秩序中，寻求一些新的变化，是一种更宽广、自由的状态。

an Afternoon with Pigeons

鸽子午后

朋友去附近的寺庙拜佛,我在一棵大树的石椅上,平躺,只见眼前是一片宁静的蓝。

我的身后,是一条河,河堤上全是鸽子。它们依次屹立于石阶上,背对着阳光,与这里的所有人一样,享受着一个宁静的午后。任何事物,只要你潜心观察,一定能悟出一些规律与智慧。就像这一群晒太阳的鸽子,你与它们待久一点,就会发现它们其实并不那么简单。每过一会儿,你便可以看到它们集体的一阵飞舞,最开始你以为是风吹动的关系,后来你会发现它们是在躲避太阳,它们只会屹立于太阳照不到的地方,它们是如此聪明,你无法揣测它们心中更深的秘密,你只会观察到它们在飞舞,然后在地上啄些什么。

石椅上还坐着一些当地的居民。他们是一对情侣,女孩儿穿着整洁的深蓝色校服,黑色的皮鞋,白色的袜子。男孩儿健壮,目光神秘莫测。一对老人,在互相清理头上的虱子。不时有穿着笔挺制服的警察经过,让你更安心地躺在石椅上,睡上一觉。他们好像都不用工作?每到这种安闲的地方,看到那些缓慢的人群,总会有这样的疑问。他们当然是要工作的,只是与都市里的那种,与GDP密切相关的工作有些许差异而已。

记得以前听过这样的一个故事:一位在城市打拼了大半辈子,赚到了百万资产的男人来到一片海岛上,遇见一位当地的渔民。他问渔民:"你每天就在这岛上生活,你有什么梦想吗?"渔民反问道:"你的梦想是什么呢?"那位男人说:"我的梦想是赚够足够的钱,然后买下某个小岛,每天过着隐居的惬意生活……"那位渔民浅浅一笑,回答道:"这不就是我每天在过的生活吗?"

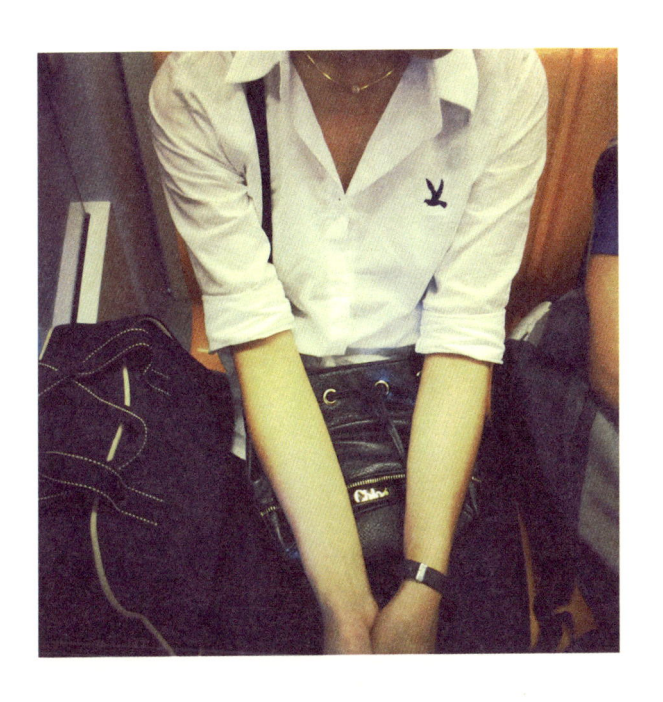

Broadcasting Station of Prejudice

偏见电台

在酒店里看电视,不停地换着台,就算是在放《谍中谍》你也很难进入状态,因为是泰语版的。然后是一些选秀节目,女生都是一头时髦的卷发,曲风以流行混合舞曲为主,顿时觉得这也是全球化吧。因为世界上任何电视台,这几年都热衷于选秀节目以及相亲节目,更惊人的是,节目中的桥段以及男女嘉宾的服装、造型都是如此相近。大概除了各地的语言不同,人们的生活方式都是大同小异的。

有一天,在地铁站等候,站在我前面的一位类似白领的女孩儿不停地刷新着手机界面,我偷瞄了一眼,才发现她变换的两个界面,与我们生活中最常上的两个网站一模一样,只是语言文字不同,界面与交互设计惊人,全部同步。一样的对讲机,一样地筛选着感兴趣的粉丝。在广场上,一支当地的乐队正在演出,大屏幕上那几张全球化的偶像团体的脸,下面一样的尖叫与写着泰文的荧光海报。咖啡馆,比我们皮肤稍黑一点的小资们,穿正装的,正在商务洽谈的上班族,让你既熟悉,又有些陌生。突然想到有一次从越南旅行回来,与父母在沙发上聊天,他们突然异口同声地问道:"越南那边很穷吧?是不是很乱,又落后……"这大概是很多上一辈,以及没亲身去过那些城市的人们,对东南亚以及周边的一些国度,较普遍的一种既定印象。这种印象源于历史资料里的那些插图,电视上播放的一些电影或者音乐录像带。而如果他们真正去到这些城市,会发现与我们没有任何的差别,一样的被年轻人追捧的数码产品,一样的奢侈品店,一样的充满滑稽感的地铁广告……而关于农村的,落后的部分,不是世界的任何一个国家都存在着的部分吗?

以前看过一位女政治家的采访,主持人问:"您这么言辞犀利,有没有你会怕的东西呢?"那位女政治家沉默了几秒回答道:"人的偏见。"

the Locked Door

反锁木门

早上醒来,还没睁开眼已经听到屋外的依稀鸟叫声。本能地去推门,想立即躺在门前的软塌,享受这个别样的清晨。

可一推,发现毫无动静,门的下方上了锁,将它打开,发现还是不能推开,朋友说"去取钥匙打开正锁"。于是,我又拼命地转着钥匙孔。朋友说向左,我就义无反顾地一直向左,最后终于义愤填膺地朝右转动,将门打开,推开门踏出去的一刹那,之前预设的神清气爽、呼吸自然的情景已经烟消云散。这就是一个失败的行为发生在一个本应良好的时刻,所产生的化学效应。你说,为什么有人会认清地图,会多国语言,有灵敏的应变能力。而另一些人,比如我,总是在这些方面屡战屡败,毫无悔改呢?难道是真的比别人在某些方面智障一些？每每想到这些问题，我就特别伤心，又无可奈何。因为不是每个人都能原谅你在生活中的这些过失，特别是你认为亲近的人，他们的不理解，更会让你跌入谷底。没有人愿意玩情调，故意打不开锁门，也没有人愿意在异国他乡眼巴巴地，只能看到其他人畅快地聊着天。但我必须承认这些都是我的弱点，我试图去克服，但始终无法完美地得到提高，这让我想到了另一部奥斯卡获奖电影《国王的演讲》，讲一名患有口吃的国王，是如何克服自己障碍，最后获得成功的故事，美国主流电影，或者更准确地说奥斯卡获奖电影，历来都是将主题锁定到"一个人如何克服自我及社会背景的障碍，最终获得救赎或者成功的"。

也许不只是好莱坞，我们每个人都或多或少需要些这样的励志版本，让我们觉得自己并不是孤独地、残缺地生活在这个世界上的。

Sad Swimming Pool

伤心泳池

白天看完古迹后,回到酒店已经几近黄昏了。走过一座木制小桥,看到酒店的中心,树丛里有一座漂亮的游泳池,瓦蓝色的水面,还漂浮着几朵莲花,四角是精致的大象石雕喷着水柱。朋友说"你看吧,不会游泳,会失去好多乐趣呀"。的确是这样,我也羡慕那些在泳池里如鱼得水,自由翱翔的幸运儿。

我曾在公共泳池、私人泳池都试着学习游泳,但后来渐渐明白,问题不是出在技巧上,而是我发自内心不愿意相信"我能在水面上浮起来"这件事。除此之外,我还不会骑自行车,以及修理任何电器,对于地图,也是有些怯场的。你说,谁愿意眼睁睁看着这漂亮的泳池,却只能裹着浴巾在一旁看夕阳呢?术业有专攻,这句话的确有些治愈系，但有些东西的确能反映出你的小脑不发达，或者有轻微智障，你得清楚地认识到自己的局限性，每每想到这些，就会觉得上天的确是相对公平的，天底下这么多形形色色的人，虽不能说每个人得到与残缺的都绝对平等，但或多或少你在某些方面不如他人时，总还有几项是能让你重获自信的本领。

有时候，会觉得自己的确有些好逸恶劳。不用朝九晚五，相对轻松地赚得了金钱还有一大把的时间，用来消费它。所以，每次看到靠真真切切的劳动，获得日常收入来源的人们，总是特别尊敬，甚至有些惭愧。在泰国，有很多可以提供包车服务的TUTU车。也就是你只要支付400元泰铢，折合成人民币也就是八九十块，他便可以载你到任何你想去的地方，你去拜佛、去爬山，在街边吃午饭……车夫都在外面等候着你，随时出来继续上路，并且会在你即将上车之前，用抹布将你的座位擦干净。当然，你会说这也只是一份工作而已，和我们所有人都一样。只是有时你会思考说，我们这些自以为是的"脑力工作者"所想出的可笑广告文案，以及不那么精彩的店招设计，他们都照单全收，而服务行业的他们，却时常被我们嫌东嫌西，这是平等的命运吗？

在想这些问题时,朋友已经离开了泳池,我赶紧去冲了个凉,用脚尖轻点了下水面,假装自己度过了充实丰富的一天。

Lampang

南邦小城

巴士停停走走,终于到了泰国的北部小城——南邦。

这个只有四万多人口的宁静小镇,给人的第一印象便是,安静、古朴、人少却丰富。这里有别于泰国其他城市,没有成群的游客,也没有拥挤的交通,只是人们自给自足地每天悠闲地生活着。我们早早就订了一间木制结构的当地传统旅馆,走到大厅,便看到一台已经废掉,但被主人打造成书桌的钢琴,钢琴的对面是一个木制的旧书架,上面依稀摆放了几本外文书籍,以及当地的一些图书。我们取了钥匙,上楼时发现,下面院子的露台,一位外国妇女蜷缩在榻榻米上打着毛衣,另一对外国夫妇在木桌上下棋。突然觉得,这里就如《瓦尔登湖》中的情景,好像他们都活在自己的时间里,而外面大城市的沸腾与运转好像与他们没什么关系。进了屋,米黄色的落地窗帘在木地板上随风飘动,深蓝色绣有当地图腾与花纹的床单给人沉稳又神秘的气息。地板上有一个像婴儿椅的小茶几,上面摆放着水和杯子,这种简单、质朴的感觉,让人觉得祥和且舒适。

因为每层楼是打通了的,所以如果话说太大声,楼下或隔壁就能听见。晚上睡觉时,还能听见屋外荷塘里,青蛙的叫声。第二天,醒来去旁边的餐馆吃饭。这里虽是个小镇,但每个咖啡馆及小饭馆依然有很多细节,这家饭馆是一对老人开的,草编的彩色桌垫,并不丰盛却味道可口的饭菜,让你对这里有种想多停留一会儿的冲动。门头上挂了块湛蓝色的丝布,与风铃一起,在柔和的阳光下飘动着,我们便从这家具有古朴气息的饭馆开始,沿着一条条小道与庙宇,搜索、游荡于南邦这座别具一格的小城。

Sleeping Physiotherapy

睡眠理疗

朋友还在熟睡,我穿上了衣服,取钥匙,开门。本以为自己算是起来得比较早的,没想到向露台边一望,一位金发女孩儿已经躺在木椅上悠闲地看起书来。这是一片绝对宁静美好的天地,有嘹亮却不刺耳的鸟鸣,偶尔河的对岸会有摩托车的声响,但也不会产生厌恶的情绪,只是千万不要在东南亚地区,像这样的一个清晨,坐在靠近椰子树的底下乘凉,因为刚刚我听到了几声巨响,低头一看,原来是几个椰子从天而降。

有时,觉得睡眠真的是最好的理疗师。昨夜忧心忡忡的事,一早醒来后,再见到它时,已经少了昨天看到它的那种激愤。转而是意识到它的客观存在,无须进入自己的主观意识系统。想到这里,另一位红发的英国女人,已经从屋里走出,在台阶下冥想。总觉得老外特别容易进入状态,怎么说呢,每次去到海边,三五成群,或者夫妻两人结伴的外国人,总是脚都还没站稳,就开始脱掉外套,换上比基尼,旁若无人地日光浴。或者就像昨天集市上,那位卖二手书的黑人。她一看就是那种对生活想得特别开的人。她将一个破旧的旅行箱放在地上,里面装满了各种封皮的旧书,很快就有几个美国人靠拢过来,有一位女士拿起了一本褐色封皮的精装书,问道"这本是关于什么的"。然后,就出现了类似歌舞剧的情景画面,那位黑人捧起那本书,戴着老花眼镜,故作深沉,实质滑稽地念叨"我想这是一本关于男人如何在令人生厌的黄昏,与一条其貌不扬的狗产生的故事……"然后,那两位美国人都被她的幽默及夸张表演逗乐了,你说,最后他们买不买这本书,对于这位黑人,以及他们自己还那么重要吗?

在我们的国度,以及我们所熟悉的环境里。常常是这样,你提出要及时享乐,要忘掉工作本身而工作。然后,立即会有人跳出来告诉你"别当空想家了,不工作怎么解决吃喝拉撒,买车购房等实际问题"。你一提出丁克主义、性爱分开、让爱与欲更自由,且更具开放性,马上有人质疑你提倡婚外恋,对忠贞的情爱关系的亵渎。其实,很多话题的抛出,是因为它们真实存在,而非特意针对某个个体,而愤怒有时又让我们陷入更深的愚蠢,当你睡了一觉起来会惊讶地发现,也许有一天,你离开了这个世界,它的运转也不会受到丝毫的影响,睡眠,是一门真正的哲学。

Four O'clock in the Afternoon

下午四点

下午四点,你在做什么呢?点开某个早已疲惫的网页,与同事在办公室窃窃私语,抑或是在卧室的床上再一次翻身。我在想,平时这个时候,下午四点,我在做什么呢?如果是夏天,我一定会盯着空调,想外面的人是多么英勇,在这么热的天气,还在焦灼的路上穿行。他们可能是出租车司机,提前下班回家的老师,穿着西装的销售人员……以及任何一位为了"理想与现实"拼搏的人。而今天的这个下午,我却在一个完全陌生,但却十足宁静、舒缓的小院度过。

这是清迈的一间平常的旅馆,之所以会说它平常,完全是因为在这边,你经过的每间旅馆,都是那么的特别、精致,富有主人的独到审美与见解。更多的，还是这里的文化背景，与当地人的心态。泰语中，有一句当地人最常说的，"慢悠悠"，也就是不要急，慢慢来。这一句话已经可以充分浓缩当地居民的生活情趣。我们定好房间，放好行李后，从房间出来，经过一条石板路，就到了一个可以席地而坐的露台，席子上有几张咖啡色的坐垫，一张精巧的木桌子。躺在垫子上，抬头便是青葱的树叶，与偶尔飞过的鸟儿。我们的正前方，有两位老人正坐着聊天，他们说话声音微小，走路的动作也缓慢，老爷爷偶尔抬起放在地上的水管，往草坪上灌溉，偶尔为花盆里的植物松松土，老奶奶却一直理着手里的扁豆，时不时地朝老爷爷那边瞄几眼。

在这里，你所看到的这一切，会让你发觉，自己平日的生活是有多粗糙与急功近利。而旅行的意义就在于，会通过这些场景提醒你，是不是可以慢下来，好好想清楚"生活中的大部分时间，你最想与哪些事物为伍"。

a Mom and the Daughter in the Sunshine

阳光母女

清晨,从旅馆的房间出来,外面已经阳光明媚。

他们说,在清迈闲逛,只有两个时间段最宜,早上八点之前,傍晚六点以后,因为这两个时间段是阳光相对不那么强烈的,也是最舒服的温度,不会那么灼热,偶尔还有风。昨晚,准确地说应该是今天凌晨,我突然在四点左右醒来,推门而出,走到院子里,空无一人,有昆虫的叫声,还有些冷,我在石椅上坐了几分钟,实在太冷,就又回房睡至天亮。而那时,朋友已经点好了早餐,在院子的小露台上,白色的漂亮餐盘上,盛放了可口的培根,双荷包蛋,番茄,另一只盘子放了吐司及黄油,但是咖啡不怎么好喝。我喜欢在这种自然、开放的环境用餐,就算有昆虫不小心飞进你的面包里,你也不会因此而生气,因为这原本就是一种自然的关系。

我听到坐我们后面的一位女士在说话,同时还有另一个小孩儿的幼稚童声,我起身张望,原来是一对母女坐在那里,母亲留着酷酷的寸头,手臂的文身让她看上去极其干练。她侧着头,与小孩儿在讲些什么。小孩儿一头蓬松的金色卷发,穿着粉红色的小褂,背对着我。

这对在阳光下闲聊的母女,让我印象深刻,她们在阳光下是那么美,有时,旅行中看到的人,也是风景。

Visiting the Gallery

去美术馆

只要是时间充裕,每到一个富有艺术可能性的城市,都会去到当地的美术馆,度过一个让眼界变得宽广的下午。

很早就在网上查好了清迈博物馆的地址与信息,在一个阳光的午后去到了那里,博物馆位于清迈大学的旁边,一踏进园区的大门,就看到一尊用白色铁丝铸成的"独角兽",在阳光下,像一和平使者,静静地守护着这片天地。展馆干净、明亮,各种风格、寓意的艺术作品,不断充斥着你的视线。有的表现出对欲望的迷恋与焦虑,男性器官的放大,以及整幅作品由不同女性的胸部特写构成。也有对逝去青春的回忆,几个或躺或缩成一团的年轻人躺在木地板上,随意笔触,透气的水彩,暧昧朦胧的基调,让你自己去想象留白部分的故事与情节片段。我最偏爱的一件作品是，用不同材质，信笺纸、羽毛、丝织蝴蝶结、石膏……拼贴而成的一面墙，里面有秘密的书信，有童趣的符号，有对尘封记忆的再开启，是一件让人看到温暖的作品。

因为自己大学是读的艺校的关系，对美的事物总有一些持续的好奇与痴迷。总觉得好的艺术品，其实是一面镜子，窥见出自己如瑰丽宫殿般的另一个内心。它所激发出来的源源不断的灵感与力量，正是你为之痴迷的原因。

看完了展览，从后门走出，那里有可以购买艺术家作品的衍生物，帆布袋、艺术家的录像DVD、印有油画缩小图的徽章、笔记本……如果你去到了另一个城市或国度看画展，如果那里正好又有贩卖该艺术家的影像资料，也就是刻成光盘的DVD，不妨买一张带回家，某一天你如果在卧室，不小心翻到它，你会将那时旅行中的一些记忆重新唤起，并且，它很有可能是你在其他地方无法再购买的珍贵影像。

Bookstore and the Geracomium

书店与养老院

从宁曼路一直往下走,我们看到了有一座可爱的招手猫的雕塑立在一间咖啡馆门前,还有一个红黄两色的小邮箱,非常童趣且可爱。推开门,走进去一看,不禁倒吸了一口凉气:"这不就是我做梦也想开的书店咖啡屋吗?"

我一直有两个小心愿:一是在中年危机前,开一家书店与咖啡馆连在一起的店,原因很简单,我平日最常去的,无非就是咖啡馆与书店,再来长期在那边点几十块的饮料和无休止地购买图书,还不如自己有那么一间,完全符合我的调性以及品味的咖啡书屋。

这虽不是我第一次看到咖啡店加书屋的模式,但它的设计与氛围,的确是精致且有品质的。整个书店分两层,底层是收银处,以及可以坐在那里喝咖啡的地方,第二层,上几级台阶,会看到地板的某个区域底下是鱼缸,也就是你坐在榻榻米上看书时,会偶尔看到几条鱼游过。木质地板上随意放着几个,可以躺着也可以靠着的懒人沙发,落地窗,可以看到外面经过的行人,这样的地方,你就是会想多待一会儿。

我的另一个心愿,是在自己年老时,开一家养老院。当然,这不是那种靠收昂贵疗养费而建的传统养老院。它更像是一个天堂,一种梦想,一个理想国。那里有可以看到夕阳的露台,有漂亮的游泳池,有那些不服老的爱人与朋友,他们在这里让自己进入人生的另一个状态,与老气横秋,怨天尤人不相干的状态,他们在这里,对每一天的醒来是有期待的,是彩色的,这是我所希望的养老院。其他的愿望暂时得搁一搁了,就这两个值得我惦记。

Gift in the Elephant's Faeces

大象粪便包装礼物

我们去到一个温泉度假村,沿途有一些手工艺商店或当地特色原料加工厂,所以,朋友建议可以一边走一边停一停,去参观一下那些工作室。

我对那种历史意义的,事物背后的文化,没有过多兴趣探究,尽管这一点会显得极其粗陋与没有内涵,但我也要非常诚实地承认我就是这样的一个人。每次去到有古文化,或特别有底蕴的景区或场所,虽然有时,我也会深情抚摸那些文物,但坦白讲,我并没有发自内心地对它们感兴趣。刚开始,我还会配合一下整体气氛,去试着观赏它们,跟着人流穿梭在其中。后来,连装的兴趣都没有了,自己乖乖地在门外小凳上听歌。

总觉得匆匆几十年，没必要在自己根本没兴趣的事物上浪费太多时间，如果你不喜欢文物，就去喜欢别的，没有人会因为喜欢文物就显得特别高尚，也没有人会因为爱阅读低俗刊物，就认定他一定没有别的天分。兴趣与你认为此时此刻应该去做的，全由你当时的真正反映而定。我也对那种地摊上贩卖的、用大象粪便制成的手工纸品特别感兴趣，因为它的确是独一无二的，也极具地方性的。如果你去到东南亚旅行，想给朋友们带点礼物回去，建议你可以选择这种非常自然和特别的手工纸来包装你的礼物，当朋友拿到用大象粪便制成的手工纸包装的礼物，而它看上去又是那么的可爱，贴心时，会有一种意想不到的效果，这是一种别具一格的浪漫。

以前，去到某些远离家乡的地方旅行，心中总会预设好有哪些朋友要给他们带礼物，而不同的朋友、同事、家人……又应该带哪一种不太一样的、更适合送给他们的礼物。而现在，反而不会提前预设准备太多，在旅途中，偶然发现某个物件，而它又使你想到某个朋友，并觉得无论如何也要买回去送给他，这种自然的买礼物习惯，也许仅适合像我这类对人际关系本身就比较懒于经营的人吧。

Boiling Eggs in the Hot Spring

煮温泉蛋

驱车前往远离市区的温泉度假山庄。到了山庄才发现的确很度假。一条蜿蜒的石板路,竟然看不到一个人,路的两旁是椰子树与红色的木顶屋,我们就住在里面,突然有一种提前安度晚年的感觉。

听说这里最出名的,是花园里的喷泉。睡了午觉,就朝着花园的方向走去。在一个湖畔旁边,有一棵大树,一架高高的梯子倚靠在边上,也许可以顺着它爬上树腰,俯瞰整个花园。树底下还挂着秋千,我发誓这是我荡过的最自由的秋千,因为它的绳子套得非常牢固,让你觉得安全,并且绳子很长,你可以大幅度地摆动,不像以前荡过的一些秋千,太低,或太过机械,你无法这么畅快地飘荡。草坪上,还有一些木材堆,像极了童话中出现的那种画面。我们走到了一片空地，这里像一废旧的游乐场。有红绿相间的滑梯，几个跷跷板，铁制的秋千在阳光下呈现了暗黄色的投影。

终于看到了传说中的温泉，蓝色的像许愿池的温泉池里面，不断地喷出热气腾腾的水雾。它的后面是一个可以喷向空中好几米的小喷泉，据说很多游客从很远的地方过来，就为了看一眼这里的喷泉。旁边有一个小卖部，我们买了冰淇淋，在废旧却干净的秋千上休息。我们看到一旁有一块黄色的牌子，上面写着"可以去小卖部买生鸡蛋，然后在温泉池里煮十四分钟，就可以品尝最地道的温泉蛋了"。我们当然不想错过这么好的一次机会，买了用鱼竿吊着的一篮鸡蛋，跟着牌子说的步骤，小心翼翼地煮起了温泉蛋。十四分钟后，我们将蛋摊在石头桌上，太烫了，完全无法用手剥开蛋壳，等待一会儿后，我们迫不及待地将蛋壳剥开，一股如婴儿身上的香气扑面而来，咬下口时的那种滑嫩，让我们第一次体会到"温泉蛋"的滋味。

不一会儿就到了晚上，这里的白天就很安静，更何况夜晚。我们走在石板路上，周围除了鸟叫就是树叶飘动的声音，突然听见一阵男孩儿们欢呼的声音,原来是一群年轻人在踢足球,这一天好像很快就过去了。

Noon Break in the Wood House and Tom Yum Kung

从木屋午休到冬荫功

这完全是一个适合午休的、最自然的地方。

完全保留了当地传统木屋的一家旅馆,习惯性地脱了拖鞋、上台阶,感受木板缝隙发出的空灵声响。每间屋的门外都是一个可以乘凉的露台,木地板上平铺一张席子,同样用木头堆砌而成的小桌子,一个简单的嫩绿色小花瓶,栽放着一撮植物。门头挂有一只木制的风铃,风吹过的时候,能听见清脆的木头敲击声。

这里似乎是一个与外面的世界毫无关系的天地,你在思考或者冥想时,只听到树枝飘动的声音,以及旁边池塘里青蛙的"呱呱声"。这里住的大多是法国人,他们会在露台里看一下午的书。我记得早上出门,去到大堂旁的露台吃早餐时,坐我旁边的,是一位红发的面无表情的英国女人,她起来得很早,她一边看小说,一边看木榻下边水池里的金鱼。身旁的朋友说"她在对着金鱼哲学思考"。我说"她只是看金鱼"。我不知道她走过多少地方,最后选择长久地停驻在这里,或许,她也是跟我们一样,刚刚才到,但已享受在这样的悠闲环境里。总之,我在旅行中,喜欢去观察这些陌生人,陌生而鲜活的旅客,被放置在同样陌生而鲜活的环境里,总会有一种叙事性。

在想这些问题时,旅店的服务人员为我们送来了蚊香,轻轻地放在露台的台阶旁。是的,在东南亚待久了,你似乎会和蚊虫与苍蝇成为好朋友,因为它们无处不在,就算是五星级的高级酒店,也不能妨碍它们常伴你左右,所以蚊香是非常好的东西。关于东南亚的饮食,我只能说看每个人的口味了,对于我这种不太吃辣与酸的,冬荫功因为味道实在特别,偶尔还是可以尝试一下,特别是你有些犯困的时候,它总能最大限度地打开你的每个味蕾,甚至让你七情六欲得以通透。而其他的食物,基本上你待了半个月后,就会发现这里的所有餐馆的菜单上,无外乎都是那几种配料与主食，换过去，换过来。好点的餐馆，可能同样的食物，最后摆得好看一点，精致一点，但它们的味道都是差不多的，请相信我。

Chicken Rice or Mango Rice

海南鸡或芒果饭

海南鸡饭,并不是海南出的,它是新加坡菜系。而我吃过的最好吃的海南鸡饭,却是在海南。

那是一个炎热的下午,我一个人从海边晒完日光浴上岸,在城中闲逛,看到满大街的"鸡油饭",想必一定是这里的特色菜,而心中一直有个观念"要吃地道的当地美食,一定不能去大的餐馆,而应去路边小摊"。于是,看到一条巷子边挂有一小小的,却醒目的招牌"特色鸡油饭"便毫不犹豫地买了一份。还没等我坐稳,只见老板突然,将她的桌台搬走,左顾右看,原来是城管来了,这里不允许摆小摊。所以,我就坐在一张只有一碗鸡油饭的桌子上,自己默默地吃了起来,老板娘与其他商贩躲避了片刻后，又将小摊的桌椅搬了出来，而就在这么"水深火热"的情况下，我吃到了人生中一直念念不忘的鸡油饭。它的饭是用香油炒过的，鸡肉鲜嫩且不油腻，并且分量不多，所以，你吃完后有种意犹未尽的感觉，虽然它与海南鸡饭不是同一道菜，但这种同类的，较清淡的美食，都是我的首选。

在泰国待的这些天里，几乎我每天都会吃一份"芒果饭"，我也不知道为什么对这类简单的，介乎于甜点与正餐之间的食物情有独钟。因为我身边的朋友几乎都吃辣，而我却总是尽量拒绝辣椒及任何辛辣香料，于是就出现了朋友点一桌麻辣食物，而我却端着一碗芒果饭吃得清新寡欢的画面。

说到海南鸡饭，不得不提到张艾嘉的那部文艺电影《海南鸡饭》，讲的是在新加坡靠做海南鸡饭谋生的张艾嘉，与她的三个儿子，以及隔壁家暗恋她老厨师的故事。影片中张艾嘉所扮演的母亲遇上了中年危机，并且这个时候，又不得不面对三个儿子全是"基"佬的困惑，于是出现了另一个外国女孩儿，她像天使一般出现在了这家人的生活里。有一天，法国女孩儿对张艾嘉说："你和你的三个儿子,都站在同一条直线上,你们各自有各自的生活,都是独立的个体,但你们依然是一直彼此紧密联系着,相爱着……"

A Field of Rice in Front of the Door

门前稻田

这是一间能给你灵感的小屋,推开木门,就能看到一望无际的稻田。不过遗憾的是我们到来时恰逢旱季,无法享受到该酒店宣传单上的,那片在你家门前便能一眼望去的,绿色稻田景象,不过这样的一片天地,已经有一种"老天眷顾你享有这番福分"的感慨。早上,朋友还在熟睡,我已匆匆洗漱,穿上长裤,推开了房门。因为是在山上,所以这里的早晨与夜晚,都要比城里凉很多。我坐在门前的木榻上,看到远方渐渐被朝阳染红的天际,黄色的、几乎与天边融为一体的稻田,耳边不时响起鸟鸣……

屋内的光线柔和,整个房间的结构趋于向上,有一种圣洁的质感。墙面是奶黄色的,门是木制的,如教堂般的黑色素静。走到里间,是一间鹅黄色的浴室,简单的木制挂钩,干净的浴巾放于浴缸旁的小木凳上,像极了油画里面的情景。这样如梦里出现的房间,出现在眼前时,你除了欣喜与感动,别无他想。

仔细想想,从出门到现在,已经大半个月了。那晚,在面朝无边际游泳池与一望无际的稻田边吃晚饭,当时天空呈宝石蓝色,一轮洁白的月亮悬于天际,非常宁静美好。木桌上,在竹编餐垫上放置的佳肴,味道也很鲜美。朋友问"出来这几天,感觉怎么样?"我说"旅行,就像你戴上了一个隐形的望远镜,去看到了各种美丽的群山,异样的风景,大自然就是最好的设计师,将这一切呈现在旅行者的眼前"。

"飞机从黑幕到天明,

子弹列车从谷底到天际。

追逐地平线,

流连秘密花园。

在恒河看日出,日落桥听钟声。"

这是一首爱情歌曲的歌词,但它所传达出的意境,是热爱旅行且信仰爱情的人所向往的。旅行,或谈一场爱情都不难的,难得的是能与自己的爱人一起去到那些美好的地方,在恒河看日出,日落桥听钟声……

Psychedelic Street

迷幻的街

从Pai县下山的路上,我一直在晕车,我从未如此晕车过。很奇怪,同样的路,上山的时候,我兴致勃勃,下山时却如此狼狈,这让我觉得Pai县是一个冷血的游乐场,让我们在那里欢乐了几天后,离开时门一关,就再也不管我们的死活。

在Pai县的这些天里,的确过的是天堂般的日子,这种"天堂"的感觉,从我们快要到达之前已经就有了,那是大概中午的时候,车开到了距离Pai县两百多米的位置,你已经能看到用荧光色油漆刷的儿童滑梯,还有同样彩色的秋千或者像草莓的房子。车一停下来,我们就拍个不停,因为这就是一个乐园。你在街上可以看到任何你想象中能跟"酷"沾上边儿的各类人。有穿着绥化衬衫配民族拖鞋的墨西哥人,有编着马尾,穿着波希米亚风格服装的白种女人,有满头文身的日本人,有在街上一边抽着水烟,一边骂人的嬉皮士……总之这条街就是一个原生态的剧场,每个人都是有天赋的演员。

晚上,我们走累了,就在任意一条街,找家做马杀鸡的。在泰国,你可以选择去任意一家做马杀鸡的地方,因为每一家都一定各不相同,各有各的优点,有些善于面部按摩,会让你的整张脸都得以放松,有些擅长脚部的按摩,还有些会在背部按摩时,精准地找到你的穴位及关节。总之,泰式按摩的确与国内的按摩很不一样,可以去体验一下,尽管我个人是从未有过按完以后,便全身极其放松的感觉过。除了按摩,这边还有各种的日本品牌以及亚洲或欧洲其他品牌的小店,一家日本品牌店里有卖十铢一顶的帽子,折合成人民币也就是2元钱,对,在国内,2元钱基本上买不到什么东西了,但在泰国,也许你能买到一些完全意想不到的东西,当然,那帽子是二手的。还推荐你们去尝试一下这边的刨冰,很多小摊都是用古老的传统刨冰机搅冰完了后,再淋上红豆沙与其他当地的特制配料,于国内,从冰柜里取一盒已经冻好了的冰,然后淋上千篇一律的龟苓膏与彩色不明软体相比，多了些手工感。

这里的街市上，很多卖二手货的摊位。有一家更是像直接从垃圾堆里直接捡来的，有各式各样的女士手包，特大号的旅行背包，有几款我还特别喜欢，看上去很像是那种美国佬，在这边刚下车就被人偷了包，然后小偷拿走包里的贵重物品，将包扔到了路边，这位疑似菲律宾人的"店长"将其捡回仓库，第二天云淡风轻地将它挂在商品架上，类似的还有别人穿过，已经洗掉色的卫衣和体恤，以及一双像《阿甘正传》中阿甘穿破了的那双Nike牌球鞋，最后，是在朋友的劝说下，才不舍地离开那家神奇的"二手店"。

东南亚就是有很多这种另类的地方，如果你也想打破常规，与另一个自己逛一次街，请去到Pai县的任意一条街。

斯里兰卡

坐了很久的小火车
终于来到这个靠海的小镇
这里有灯塔 城堡
辽阔的草坪
小孩儿们在上面奔跑
打板球
妇女在树下乘凉
期待明天醒来后
看到的与城市完全不一样的景致

Strange Passengers

陌生旅客

不知道从什么时候起,喜欢在旅途中拍旅客一个人吃饭的场景。总会去猜测他们的职业,是律师、老师、哲学家、警卫,或者一名普通的上班族,又为何来到这样的一个城市,选择这样一间咖啡屋或者餐厅休息、吃饭。

旅行中,遇见的每一张面孔都是新鲜的,因为你是带着好奇心与新鲜的冲动上路,所以你看待他们也是同样有灵感的。今天,在尼甘布的海滩边上,找了间路边小餐馆坐下,点了味道怪怪的番茄意面、菠萝馅饼。这边的饮料特别原生态。比如,你点一杯Ice Coffee,你会吃到咖啡豆的沙粒,并且冰块绝对不会像泰国或越南那样,给你放半杯,喝起来口感温和,像妈妈做的一样。朋友说，在斯里兰卡或印度，你就得习惯咖喱的味道，这话一点也不假，每一顿吃完后，你都想用漱口水清洗一下口腔，因为总觉得味道太重。

这边的白天大概有四十几度，所以午休后出门，会有种在火炉中穿行的感觉，到达目的地后，也必然是满身是汗，不过，这何尝不是一种让身体开启新的一扇门的机会。吃完午餐后，与友人在餐馆里闲聊，没有话题时，就望望门外，穿着印有大象图案蜡染裙的男人，黝黑健壮的骑自行车小伙儿，裹着彩色纱屡的妇女，他们一个一个地像幻灯片似的，从门口经过，如果是跟旅行团出行，你是没有这么多时间与闲情去欣赏这幅风情画的，而它们很有可能是最能理解到该地风土人情的一种方式。

坐在我们身旁的，是一位老奶奶，我猜她是法国人，和身旁的朋友开玩笑说"她可能是一名老师，退休后，独自来到这里度假，你看她擦拭嘴唇的小方巾，多法兰西呀"。

Endless Sky and Distinct Clouds

蓝至无边的天空以及层次分明的云

我喜欢看一望无际的海,也喜欢看层次分明的云,所以,每年只要时间允许,都会让自己去到有这两件事物的地方,去尽可能地接触自由与辽阔。

不过,这次去到的海边,更是有一种无与伦比的意境。我们顺着沙滩边,毫无目的地闲走。与其他海边不同的是,这里有很多随时从你头顶飞过的乌鸦,海岸上停有,只有在电影中才会看到的巨大帆船,有些特别精美,帆布上印有漂亮的彩色图案,让你想到了《加勒比海盗》,走着走着,你还会发现沙滩上有一些动物的脚印,不一会儿,身后就响起了马蹄的"踢踏,踢踏"声,回头一看,一位黝黑的当地人骑着一匹同样黝黑的骏马飞奔而来。

顺着马儿飞奔而去的方向望去，沙滩那边还有一个露天的游乐场，有彩色的滑梯，及跷跷板，用汽车轮胎做成的秋千，它们就这么原生态地，以沙滩为底，呈现在那里，小孩儿们都在里面愉快的玩乐着。

时不时会有一些当地渔民，假装友善地与你握手，寒暄攀谈，听到你来自中国后，便大赞中国人民的友好（其实，每个国家的游客，在他们口中都是同样的友好的，因为你是他们的衣食父母），但我们只是在海边随意走走，并没有打算立即上他们的海船，出海，潜游。

在沙滩边上，不时走过一对对的情侣，总觉得只要相爱的两个人都应该牵手走过这样的海滩，为了这些蓝天，为了这些云。

Colorful Wall

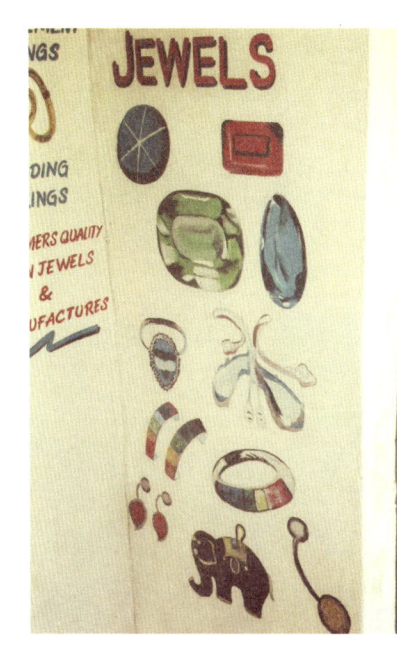

彩色的墙

一步一步走上酒店屋顶的台阶,那是一些白色石灰与蓝色线条点缀而成的屋顶露台,有一点希腊的味道,在像小塔的最高点上,放了两把椅子,你可以坐在上面俯视全城。

人们总是对自己原本所稀缺的,格外向往与追逐。就如你生活在一个没有海的城市,就会对那种靠海而居的地方特别向往。像这样的早晨,你一个人来到露台上,迎面而来的海风,乌鸦从这边的电线杆飞到另一头的石墙顶上,干净笔直的公路尽在眼底,自行车与少量的汽车像乐高玩具般穿行其中。远处的棕榈树的缝隙,能看到浪花不停地拍打着沙滩的大海,这是多么自由却又丰富的景象呀。

说斯里兰卡是用光所有色彩的地方，一点也不为过。因为你走在这里的任何一条街，都能看到那些粉色的、蔚蓝的、明快的黄、大绿，甚至其他国度很少见到的浅紫色……它们被分布在每一个墙头、小卖部、屋顶、广告牌上，就像一个小孩子收到了一盒彩色蜡笔，兴奋得到处乱画似的。朋友说"这里墙上的那些图案与线条，有着一种笨拙却又大胆的美"。你看到这些粉色的大象、薄荷绿的树叶、黄色的帆船图案，会觉这里的居民是富有童心与想象力的，这很重要。一个城市的街头招牌以及商铺的设计，从小的角度是看能否吸引消费者，因为这是最基本所需。但从大的角度讲，它也反映了一个城市乃至国家，在审美以及全民的想象力及设计理念上是否进步，以及多元。像我们在国内所住的社区周围，或者每天上下班的路上，你会发现到处都是千篇一律的红色醒目招牌，上面写着用黑体或网络字体，毫无设计可言的店招，如果你去到别的国家，看到那些每家店都不一样，且大多出自手绘的美丽店招，你就会有对比了，这不是挑刺儿，是对我们想象力匮乏的担忧。

也许我们在商业上，全民GDP上日益上升，但这些城市细节也反映出我们是否足够放松，是不是走得太快，而忘记了还应让生活的细节多一些童趣与自由。

Take My Boat , Promise Me

答应我坐我的船出海

从旅馆坐TUTU车到达火车站,走到门口,一只手就伸到了我的面前,一位裹着彩色花裙的老妇。

在斯里兰卡或印度,你总能在街上的任何地方,碰到这些伸手向你要钱的人,他们不一定是乞丐,他们只是贫穷,因为如果没有我们这些游客的消费,他们的收入来源是极其单一的。

我们到火车站时,卖票的人还没有来,售票窗空无一人。而候车厅已经坐满了人。他们的表情,动作都各不相同,活像一幅《最后的晚餐》,只是他们都很守规矩,也不大声喧哗。他们的皮肤黝黑,神情却很温柔。他们看到白种人,就像二十世纪八十年代，中国人民在大街上看到外国人那般的兴奋。孩子们会朝着你一股劲儿的傻笑，青年或老人会不停地问你"Japanese？…How are you？"据说这里的TUTU车司机是最坏的，所以，对于他们的"死缠烂打"我们总是采取"只微笑，然后不要有过多眼神及言语交流"原则。因为，你一旦和他们对答上了，他们就会向你索要这几天的行程安排，好和你预约租车服务。有一次，我和朋友在海边，看到了一艘美丽的帆船，于是与一位渔民搭起了话，看了他向我们展示的，以前其他游客坐那艘船出海、潜水、打鱼的照片，大致询问了出海的费用以及时间等，并表示考虑一下。那位渔民立即和我们握手，然后一直强调"My friend, Chinese people is very nice…"一直说服我们选择他的船出海，我们说"不是价格的原因，也不是不信任你，我们这是第一天来这边，只是想随便走走看看，如果我们要决定出海，会考虑你的船的"。说完后，他一直望着我们的背影，反复念道"You promise…my friend？"

有一天黄昏，我们去到海边散步，所有人都在一起眺望着远方的那抹红色的，将海面染出绚丽如油彩般的夕阳。我看到一群小孩儿，穿着彩色的衣裳，面朝着大海，追赶着浪花，有一位女孩儿在夕阳的余晖中起舞，我立即掏出相机，捕捉这每一张动人的脸。在孩子们跳跃着的身影间隙，还看到一位穿着穆斯林服装的女人，抱着自己的孩子，静静地望向远处的夕阳，那画面静止而令人动容。

A Train to Hell

地狱列车

"如果可以选择,我不会坐上那班如地狱般的列车。"

当列车缓缓进入站台时,原本与我们在站台一起等候的当地人们,突然蜂拥而至。原本以为只会在好莱坞电影中出现的场景,眼睁睁地出现在我面前。因为没有经验,也害怕自己的包被偷。所以,和朋友没有像他们那样疯狂地挤进车,有些还从窗户攀爬……当我们上车时,早已没有了位置。通常情况下,我表示愤怒的方式是"陷入死一般的沉默"。因为想到后面的四个小时,我要在这样的昏暗的、没有空调的、各种汗味混杂的、并且还很有可能只能一直站着的列车上度过,就有一种身在地狱最底层的感觉。我努力试着忘记周遭的环境,超我地在车厢里冥想、打坐,也许会好一点。

于是，我在仅有的，只能容下我盘腿而坐的狭小区域，缓缓地坐下，从包里掏出一本书，开始潜心阅读，我告诉自己，不要被周围环境影响，你就是在图书馆某个角落。可是，汗水不说谎，一颗一颗如雨而下，我从未看过从自己身上流出的，这么大颗的汗珠。然后车里的人越来越多，有一位戴金耳环，骨瘦如柴的老妇非要从我身边经过，我便只有起立，当我让她过去后，已经再也没有机会坐下去了，车上人越来越多，每一张脸都是黝黑的，疲惫的，并且，在任何可以放置身体的地方，都有可能被他们占据，到后来，连想在车厢内站稳都成问题。

朋友说，这是另一种风土人情。可坦白讲，这样的异域风情，我的确没兴趣去经历。因为车窗外美丽的印度洋沿岸，我都没有心境去好好欣赏，在这样的地狱列车之上。

Morning Rhapsody

清晨狂想

又在六点醒来,尽管我一直设置的是北京时间,但这边的时差是两个半小时。在同龄人中,我时常这样不合时宜地提前起床,如果是与朋友同睡一张床,会很不好意思吵到人家,所以总是尽量轻轻地穿好衣服,去到阳台,或者别的什么地方。

有时,会想"提前醒来的世界,一定能看到一些沉睡者们所无法看到的事物吧"。其实,也没什么特别的,空气的质量会比天亮后清新一点点,夜灯都还亮着,尽管你会发现天空足以照明这个世界。只是与其他地方醒来时所感受到的,有些不同的是斯里兰卡的清晨会听到有人祷告。这是一个有信仰的国度,你从火车站走出,看到的街的两旁不会是像其他地方那样的,全是食品的商铺，或者充电话卡的，而是一家家卖神像海报或贴纸的店铺。这边的教堂也特别精致与美丽。有一次，我们走进了一间教堂，彩色的如宝石般的花窗，地上与墙上都有精美的雕刻，因为是礼拜，当地教徒及一些学生已经在里面聚集。不一会儿，几位学生就开始在话筒边唱歌，有点像唱诗班，但他们唱的音调与旋律，又有点类似黑人的那种歌曲，非常好听动人。我们从教堂侧门走出，那是一片翠绿的草坪，在草坪的中央，有一台蓝色的，做旧的小桌子，在阳光下很美。

在东南亚旅行，你总会不经意间收获宁静。倒不是这里人少物静的原因，只是你会对一些事物肃然起敬，人在意识到自己思维的局限，以及信仰的缺失及心灵空洞时，会自觉地安静和学会让自己心态放平，在那些庄严的教堂里，在那些虔诚的、在凌晨祈祷的人们那里，在海边，面朝着大海，深深凝视的少女眼里……你都会对这世间，那些内心因信仰而散发出来的高度美，而动容和赞叹。

想到这里，天空渐渐明亮，之前还亮着的路灯已经熄灭，有小鸟在你耳边发出清脆的叫声,摩托车从远处缓缓驶来,新的一天又将开始。

a Japanese Restaurant

日本餐厅

因为实在受不了这边千篇一律的海鲜炒饭，我们走进了一家日本餐厅，想好好吃一顿清淡的便饭。

总觉得无论你在哪一家日本餐厅吃饭，都会有一种仪式感。这种仪式感是他们提供给你的。从他们的服务员说起，也许是因为日本人老爱点头鞠躬吧，所以会给人一种谦卑服务好的印象。这里的所有日本餐厅都没有鲜榨的果汁及咖啡等饮料，只有普通的罐装汽水与价格稍贵的米酒。时常会被料理店里的杯碟吸引，大多是棕色陶瓷的、表面有质感的纹路。我喜欢点豆腐皮寿司及冷面，总想尝遍所有地方的冷面，我认为在面里加冰块儿，本身就是一件很艺术的事。

如果你是喜欢麻辣的四川人或者口味比较清淡的江浙人士,去到斯里兰卡就得做好一定的心理准备,很有可能会让你想念家乡的麻辣锅或者一碗简单的三鲜米线,因为在这边的任意一家餐馆,你会发现它们的菜单惊人相似,永远都是:鸡肉/猪肉/海鲜炒饭,海鲜/猪肉/鸡肉炒面,有一次和朋友讨论到"为什么这边不爱喝汤?"得出的结论是"天气太热"。汤冷得慢,于是炒饭类成了他们的主食。

斯里兰卡人真的很爱干净,你从他们的住所经过,会看到家里的家具、陈设虽不多,但地板非常干净,沙发上的靠枕及各种摆件放得很整洁。这种生活习惯也延续到他们的餐饮上。时常当你点餐完毕后。老板或服务员会将你面前的桌布铺平整,将刀叉轻轻地放在你面前,并且,再小的店,服务员都会非常有礼仪地为你倒水和询问你对菜品味道是否满意。

饮食,永远是旅行中很重要的部分,异国情调的美食会很快抓住你的胃,又以同样快的速度令你厌倦。

Visiting the Whale

出海观鲸

早上六点就起床,出发去海上观看鲸鱼。

发现人类有时也挺猎奇的,其实鲸鱼也没什么特别的,与电视上《动物世界》中的无二,可只要有机会,还是会争先恐后地亲手抓拍到那短暂的一跃。我只记得当时海面风很大,阳光洒在海面上波光粼粼的,我的耳机里正好传来舒缓沙哑的Tom Waits《If I Have To Go》,船上的人都举着相机等待鲸鱼的出现。我对面有一位戴墨镜的女孩儿,她身材高挑,靠着船的栏杆,因为看不到她的眼神,所以无法预知她是否快乐。

与其说是观鲸,更多的我是在观察人们观鲸时的那种表情,以及大海与这些鲸鱼们的关系。你到了海边,你会发现那是另外一个世界,海洋在这个地球上就像"特别来宾",它以自己的习惯以及特性存在于这个世界上,你来到了它的地盘,只管去享受它的美,但它不会因你而改变的。鲸鱼时而一个翻身,伴随着一阵轻轻的吐水声,那种声音很美,像婴儿。你看看海面上每只游艇上的那些拿望远镜的人,再看看那头如岩石巨大的鲸,会感到人类是多么的滑稽,而鲸却是自然的。偶尔,你还会看到一些海豚在海面飞跃,它们总是成群结队的,像一群要去参加运动会的团队,它们相比鲸鱼,当然是小巧的,但非常机灵和敏锐,非常可爱。

看到海面飞速跃过的那些飞鱼,突然想到了《少年派》中的情景,朋友问我"如果我们的船后面也尾随着一只巨大的鲸鱼,怎么办?"我从未想过这样的问题,如果真的有这样的"难得一遇"发生在我身上,我想恐惧是一定会有的吧,当我们的船驶到远离岸边的地方(因为据说这里鲸鱼出现的几率最大),我环顾四周,一望无边的海洋,心中会顿生一股孤立感,你会感到自己被放置在一个不由你控制的、中性的区域,你可以在这里享受最美的风景,也有可能在这里死掉。

总之，坐船出海还是非常不一样的体验，因为你会发现与在海边冲下脚尖不同的是，你会更靠近海洋，更大限度地去体量它，从前，我们在电影里，画报里看到过无数的海洋图片，但是你没有亲自去到它面前，我们之前脑海中想象中的那海洋，很有可能与真实的它有偏差的，只有你看到了，接触到了眼前的流动着的，真实的海洋，才能感受到它到底有多大，多宽广，海风是什么气息，飞鱼的速度有多快，你看到远方的那只缓慢露出个头的鲸鱼时，脸上到底是何种表情……

Bus in Foreign Lands

异域巴士

如果你想坐可以让你神采飞扬的巴士,请到印度或者斯里兰卡来。

在这两个地方,你会发现每次上车都是非常"突然"的,因为这里不像中国,售票员会在车门边或者窗前伸出头,问你要去哪儿?更没有什么无人售票,上车便投硬币的次序。时常是你凭借站牌上的英文大致确认是要搭乘的班次,脚尖刚上车的台阶时,车便开动了。然后你好不容易找到一个位置,却发现头顶上的行李架上根本没有办法放行李,太窄小了。于是,你只有将它放在位置底下,赤脚踩在行李上,开始这无与伦比的南亚汽车之旅。

车上会放非常俏皮的印度音乐,搭配车窗外大红大绿的街景,有一种像搭上宝莱坞车厢的感觉。一般是开车十分钟后,售票员开始检票。在街上行走时,你已经能感受到这边司机的雷厉风行,汽车与TUTU车总是从你身边飞速开过,好像都不用担心会出交通事故似的,这与泰国恰恰相反,泰国的司机总是不慌不忙地,车开得很慢、很稳,并且你如果将车门不小心关太大声了,司机还会提醒你"请小声一点"。而在这边,你上了车,好像就必须跟上他们的快节奏,车上印度歌的动感程度与车的摆动程度成正比。

环顾车厢四周,当然是清一色的黝黑皮肤。黑人的睫毛都非常翘、非常长,他们会对你神秘莫测地微笑,会一直盯着你看,会问你"From Japan?"当得知是中国人后,会立即问到"Shanghai? Beijing?"所以,衡量一个城市是否属于所谓的"Big City"一种比较简易的方法是,外国人是否知道。我时常会说,在国内生活时,如果你是一个"犯困体质"的人,比如我,有时逛街途中都会打瞌睡,想睡觉。那是因为你对那里的每条街都是那么熟悉了,毫无新奇与令你兴奋的点。而你去到异乡旅行,那边的一草一木,对于你来说都是新鲜的,所以你的视觉总是被高度调集的，所以，走太久，再折腾，你都不易感到困倦，这也是旅行的神奇功效，像一剂兴奋剂，在你庸常的匮乏之上。

Language Problem

语言不通

我神志不清地从旅馆的床上起来,只记得几个小时前,朋友动作缓慢地在收拾放在床上的钥匙以及包,再以同样的缓慢动作走到门口,将房间的门轻轻合上。

我吃了一片药丸后,就在旅馆中那张柔软的大床上睡着了,醒来后,药性还没有完全挥发,我像在太空船里,飘浮不定,我下楼去点了红茶与Omelet,在这里你吃得最多的,就是这两样东西,但我今天实在太饿了,所以我主动点了它们。我的英文不太好,但正因为这样,我也很难被骗,我总是习惯与陌生人保持一定距离的,如果可以,我想省掉每天和街上以及任何地点碰到的陌生人打招呼的习惯,因为那真的很傻。当我向服务员说出我要点的食物时,他又给我出了个难题,他对我说了一些被加工后的,更像他们当地语言的英语,并且在便笺纸上,写着一些数字,我大概明白他是在告诉我,几点能够为我送上我点的那些食物,所以,我说"OK,OK……"

这真是非常糟糕的一天,因为旅行中,如果你是与友人为伴,一定是会有"你不一定有兴趣,但对方却执意要去"的地方,就像今天早上五点就被唤起床,带着旅馆老板做的三明治,踏上了那辆脏兮兮的吉普车,目的地是"野生动物园"。其实我对这种完全靠近大自然的,开放式的观赏动物本身还是很期待的,只是可能起得太早,车上风又大,患上了感冒。所以,回到旅馆时,已经有点筋疲力尽的感觉了,特别想吃药,好好地睡一觉,等醒来时,已是当地时间六点了,我当时只想喝一杯红茶。在斯里兰卡,我早就习惯了等待。但等待过后,终归是会有好的一面的。这里的红茶,真的是最棒的,我喜欢喝加了奶的。它的味道浓郁却又不让人生腻,这很不容易。斯里兰卡的红茶出名,是我早就听说过的,可是,当你亲口品尝到它时,会为之沉醉的。

我们住的旅馆名叫"lake hotel",旁边有一个巨大的湖。第二天清晨醒来,推开落地窗,首先听到的是各种鸟儿在树丛中的嬉戏声,你可以大概分辨出,至少有八种以上的不同鸟类发出的鸣叫。落地窗外是一棵棵笔直且茂密的椰子树,从树与树的缝隙,能看见那面清澈的碧绿色的湖畔,白鹤从湖面飞过,宁静而美好,尽管这是在山上,你也能在清晨醒来时听到不远处的祷告和吟唱。

the Edge of the Sky

世界尽头

来到这片海滩边时,真的有一种到达了世界尽头的感觉,它与我梦中出现的场景十分相似。

越野车在坑坑洼洼的黄土路上行驶着,一路上我们看到车窗外两边都充斥着各种平日只会在动物园才看得到的动物们。鸟儿会从你的头顶掠过,这里的鸟儿非常漂亮、特别。有那种长嘴的,只会跳,而不会走的大鸟,有非常玲珑的,黄绿相间的,头顶是蓝色羽毛的小鸟,它们非常精灵且轻快,就像一幅山水油画的一角,灵动而美好。有时候,车开着开着会突然刹车停止,原来是前方有头大象。在司机的解说下,我们才得知:全世界的母大象非常稀少,而绝大部分母大象只会成群结队地出现,而我们前方的这头母大象,是单独行走的。

沿途,还看到了长尾猴、火烈鸟、野猪、鳄鱼、蜥蜴等动物,最可爱的是野猪,它们看到人群,马上灰溜溜地往树丛里跑,动作非常笨拙,神情也异常滑稽。鳄鱼总是装死或者善于隐藏,试图与同色系的湖面融为一体,可当它突然醒来,从岸边爬向水里时,你还是会被它坚硬的身躯与快速的步伐震住。长尾猴在树上跳来跳去时,你会觉得它们很像宠儿,它们的眼神很像人类,它们就像森林里调皮的孩子,长长的尾巴垂在树的缝隙,给人以自由与灵动之美。有时,车上的某位游客会叫司机马上停车,然后车根据那位游客的指示缓缓后退。原来,在路边的树林中,有一只梅花鹿,它注视了我们一眼,便很快消失在树林里了,感觉像梦境。

所有动物中,最特殊的,还是孔雀。当我们看到它时,它缓慢地转过身,给了我们一个高傲的背影。孔雀,拥有一种与生俱来的拒人千里之外的气场,它总是孤傲地站在那里,任你观赏,并且对自己的美,心知肚明。它那层次分明的羽毛,真的令它与其他的动物拉开一定的距离,孔雀在森林中,就像一位神秘而美丽的少妇，等待着所有猎人的靠拢与注视，但又以自我的方式与你保持一定距离，与某些人很像。

沿途我们曾在一片海滩边停下休息，远远的，有几个人面向一块墓碑凝视。原来，印度海啸时，这里席卷了多名外国游客的生命，海岸边上是一片紫色的小花，远处有一座像纸做的山，沙滩上的沙粒几近洁白……这里的一切都令我似曾相识，但又说不出在哪里见到过。旅行的另一个好处，就是可以令你置身于梦境与现实之间。所谓世界尽头，无非是令你觉得很远，但它的尽头以外，一定是有另一个你所未知的尽头。

House on the Hill

山上小屋

在旅馆吃完晚饭,与朋友在大厅闲聊了几句,回到房间整理物件。听到隔壁哗哗的洗碗声,原来是那位高高的黑大哥服务员在洗碗。这是一间民俗旅馆,就是那种你在房间休息,也能听见客厅的老人,在转着有噪音的老式电视机。我们走到了奴娃拉伊利雅(Nuwara Eliya),决定这两天住这里。

当TUTU车从山脚缓缓行驶到半山腰时,沿途的风景,会让你有一种到了瑞士的错觉,山间云雾缭绕,你可以看到山下的彩色房屋以及绿油油的茶田,空气也异常的新鲜。有些山路非常崎岖,但是这边的司机的确车技一流,还算平稳地将我们送达目的地。这是一座红色的房子,房子的后面是笔直的树林,一会儿雾就升起来了,像极了童话里的小木屋。走进房间,墙面刷了彩色的漆。并且每间房的颜色都不一样。有明黄、橘色、天蓝等,墙上挂着有乡间小路的小画,简单舒适。接待我们的,就是之前提到的那位洗盘子的黑大哥。由于是淡季,所以整间旅馆就只有我和朋友这一对客人,也很快就与这位黑大哥成了朋友。住这样的Family Inn最好的地方,便是能最近距离地感受到当地人的生活习惯与细节。这是在高级酒店无法感受到的。前一天,我们在半山腰,住的是一家比较有品质的Hotel,在那里有穿着整洁的服务员为你提行李,倒红酒,有漂亮的游泳池,有松鼠在你门前的草坪上嬉戏,但你看不到任何的人情。我指的人情,是那种自然的微笑,是每次你出门时,都会穿着当地服装,目送你离去,并让你参与到他们的生活中来。这是我时常会选择这样的旅馆的原因所在,但前提是,房间一定要干净,床单也得整洁。

年轻人之间,总能找到很多共同的话题,这位黑大哥与我们聊到了Facebook,他非常惊讶为什么中国不能上Facebook,可是即便没有它,我们也有自己的社交网络,任何正在流行的,都会得到全面的普及,即使不一定是同一个网站,但是大家所参与的,玩乐的形式都是相通的。那天下午，我们包了一个TUTU车，去看了有几千年历史的寺庙与古木桥，寺庙里的壁画非常精美，连地砖也是有浮雕机理的莲花与大象图案，强烈的艺术与庄严，让人印象深刻。因为我们是包的车，所以可在任意感兴趣的地方停下，朋友对这满山的采茶女感兴趣，于是，我们在一个路口停下，顺着一条小路，走在了茶园的夹缝中，我们能清楚看见每一位采茶女的容貌，她们大多来自印度，在这边日以继夜地从事采茶工作，她们将麻袋拴在自己的头上，麻利地将优质的茶叶扔进背后的口袋里。

去到一个陌生的城市，就应该深入到当地最有人文关怀与特色的地方，只有这样，你才能读解到在这个辽阔的地球上，各地的人们以何种方式生活着。

Slowly as a Slowly Train

慢火车 火车慢

从奴娃拉伊利雅去往康提,我们选择了要经过森林与山峦的慢火车,曾经在无数杂志与影片中看到过的,黑皮肤的少年们扶着火车门探头张望的场景,出现在我的眼前。

车站吹响了口哨,挥动着小旗子,火车在暖暖的阳光中行驶起来了。与之前的那趟"死亡列车"不同的是,这里的车厢十分干净,几乎没什么人,如果你是提前预订的车票,更是可以坐到可以任意选择位置的空荡车厢。沿途能看到笔直的树木,山下的小屋,在阳光照射下的稻田,像梦一样。

就像万芳那首《慢火车》的歌词所描述的那样:"慢火车 火车

慢 我只能前进不能回转 因为心中燃烧着柔情 慢火车也能爬到山顶端 如果一路有欢笑有迷乱 也有田园风景和美丽山川 而你的眼神是不会改变 永远的灿烂……"歌词所描绘的，是人们成长与经历的一种心理状态，每个人在每个阶段，所决定的，以及热爱的事都不一样。当你刚开始进行时，由于你的初来乍到，你的莽撞，一定是困难重重，甚至不被认可，从而产生后退的心理，但有时我们选择所走的路，也许正是曾经的你，以及大多数人所向往的，是你的坚持与才华，让你一步一步地踏上了这条路，又因你的欲望以及贪婪，让你在这条原本渴望已久的道路上，走得有些迟疑，甚至忘记了踏上它的初衷。

旅行中，对自我以往经历的清理以及回望，是非常纯粹的，因为排除了更多的外部压力与噪音，在一个相对清静的环境下，你这一路所获得的，遭遇的，以及没来得及面对的，统统像车窗外移过的风景一样，在你的脑海中得以回顾，而我们认识的，与是否要去修正，常常是两码事。

Hill City

康提

康提,一定是一座特别的城市,它是一座依山傍水的城,这样的地方总是幸运的。

到的第一天,已经到傍晚了,依然是爱和你聊天的TUTU车,只是这次行驶的是高高低低的坡地。这里很像中国的重庆,只是重庆太灰色了,这里依然延续着东南亚的彩色。出火车站,你就立即能感受到这座城市的"活力",各种车辆,画着彩绘的大巴士、自行车、TUTU车、穿着镶着金粉纱裙的少女、满街叫卖小商品的黑皮肤青年们,还有穿着制服正好放学的学生……在斯里兰卡,最火的剧应该是《大长今》,满街的片中男女主角的明信片,以及印有该主演的T恤衫,我和朋友开玩笑说"那为什么这里没有一家韩国泡菜店?"当然,这个问题很快得到了解答,因为斯里兰卡人,是比较习惯单一的生活方式的,也就是说,他们不需要那么多的变化。他们当地人去餐厅吃饭,几乎每次点的食物都是一样的,今天是鸡肉胡萝卜炒饭,明天还是会点这个,并且,在中国,同一种食材,可以做出几十种不一样的菜品。而这边,咖喱鱼饭,就只能是咖喱鱼饭。

在这边待久了,你也知道了一些我们不太理解的,当地人的特殊习惯。就拿吃饭这件事情来说吧,为什么我们点完餐后,要等这么久,菜才可以上来,因为在中国,基本上我们晚上如果要吃水煮鱼。那么,下午一定会准备好了姜葱,及底料等,但在这边,通常是你点好了菜,他们才开始想,要准备点什么食材,才开始洗菜,切个洋葱什么的,所以,你必须在肚子开始饿之前一个小时,提前将要点的菜告诉厨师们,这些秘密都是一位在这边工作的中国老板娘告诉我们的。

那天晚上,我们从旅馆出来散步,一不小心看到远方路牌上,有四个中文字"竹园酒楼"。顺着路牌的指向,我们来到了这家难得一遇的中国餐厅。坦白讲,来斯里兰卡这么久了,真的有些吃腻了那些味道差不多的炒饭,一直想找间日本餐馆,或者吃点地道的中国菜,找找家乡的味道。这是一间露台餐厅,在山上不时有风吹过,很凉爽,还可以俯视底下的城市。老板娘听说我们是中国人,马上坐在我们身边,与我们聊了起来。她是广东人,与外籍老公到斯里兰卡旅行时,觉得这里适合他们生活,就选择留了下来,开了这间餐厅。她向我们推荐了"水煮牛肉"。在吃腻了咖喱味的、海鲜味的当地食物后,遇到这样的地道中国美食,的确印象深刻。

The Rain Stopped

雨又停了

清晨醒来时，窗外是稀里哗啦的雨声，我问朋友说，这雨会不会影响我们的下一段出行？他说，不会，因为这边的雨来得快，停得也快。

雨天，总是一个奇特的天气，它让你的一些计划临时要做出改变，出行也受到了阻挠，也增添了一些新的烦恼。同时，它又是感性的，会让你的情绪变得黏稠。在康提这边只待了两天，可就如所有短暂而美好的关系一样，总是让人难忘的，因为它几乎是将最好的一面呈现给了你。那些能让你怀恋起家乡的坡道，那一面清澈的，可以看到鱼儿流动的康提湖。当你从湖边走过时，会看到一只只肥大的白鹅，在湖边嬉戏，就像油画一般美好。湖边的大树下,几位穿制服的年轻人在阳光下闲聊,还有一些当地人,面对着湖面,手指指向远方的那尊圣洁的大佛。

晚上,去参观了当地的著名景点——佛牙寺,这里的门票很特别,是一本明信片与收录了寺内录像的DVD,既可以当作一份小礼物,带回国与父母、朋友一起分享,又省去了你举着个摄像机拍个没完而顾不上潜心观摩的烦恼。这边每晚五点半,还有非常具有当地特色的斯里兰卡民间表演,你可以看到穿着民族服装的艺人在舞台上表演各种精彩绝伦的舞蹈与乐器。还可以看到喷火与被催眠后的青年从炭火中走过。回到旅馆,得知我们上一家旅店的主人今天早上逝世了,死于心脏病。由于我们现在住的这家旅馆就是上一家主人所介绍的,所以,他们都互相认识。听到这个消息,我们是震惊的,因为我们离开那家旅馆时,那位大伯看上去是那么的健康,每次见到我们都笑呵呵的。

在旅途中经历这样的变故,的确让人感受到了生命的无常。有时,也会想自己出来这么久了,特别是走到一些相对危险的地方,也会担心会不会就这样死在路上了,可又想一想,你在自家的浴缸,不是也有可能会被摔滑或因各种客观意外致死吗？所以死亡从来都是伴随着随机性的，生命也不是你想控制就能控制住的，你还是得让自己放松，去尽可能地自由做你此刻想做的事，而死亡何时到来，更多的是丢给命运为你着想。

关于宗教信仰，我个人是信多种教的，他们说这也可以被看作什么教都不信，其实，我认为这都不是最重要的，重要的是你是否被一种向上的力量推动着，并对某种精神信仰有所寄托，这是会牵引着你走向光明与智慧的重要条件。

The Best Company

旅行伴侣

朋友想去看古迹，我想去看湖。所以，决定今天上午各自分头旅行。

吃过早餐以后，我回屋取钥匙，出来后，朋友已经坐TUTU车离去了。我坐在旅馆的藤椅上，看散放着的外文书籍。现在出门旅行，找旅馆时，是否有畅通的WIFI已经成了一个必不可少的选项。因为你再怎么游荡，对自己熟悉的朋友以及固有的交流平台始终还是有黏性的，特别是如果你又想与外界有所交流，为什么要特意断开这种链接呢？

从旅馆走出时，已经烈日当头了，早就听说Polonnaruwa相对周边城市，是比较热的了，只是没有想到太阳会直接照在你的半边脸上。有阳光的地方，往往就有干净纯洁的蓝天，以及具有体积感的白云。因为我的方向感很差，所以要比一般人多走一些不必要走的路，但因为是旁人不知晓的情况下，所以，倒也当是散步。我看到了路边一条绿油油的，两边全是植物以及椰树构成的小路，不禁好奇走了进去。当然，最后是里面什么都不是，只是通向一户人家而已。途中看到了一棵椰树上挂着几颗巨大的绿色的椰子。这边有大大小小的旅馆分布在路边树丛里，你从每户人家门前走过，主人都会露出洁白的牙齿与你打招呼。抬头能望见成群的鸟儿从电线杆旁飞过，它们飞得平稳而安静，不像乌鸦那样，总会发出奇怪的叫声。

走了一会儿，来到了湖的周围，有一道长长的坡，走上去就能看到整面湖了。我在下面，看到坡上时不时有摩托车开下来，在蓝得像油画布的背景下，这些摩托车、穿着彩色裙子的当地人、小狗……就像油画中的每个散落的细节，美好却又梦幻。慢慢爬上山坡，一面安静的与天空差点融为一体的大湖呈现在你面前。这里几乎没什么人，像一个不存在的，幻想中的空间，蓝天、白云、清澈的湖面、翠绿的大树,像油画静物一般定格在这里。我沿着湖边散步,草坪上,有肥壮的牛儿在吃草,大多是成群的,偶尔有一头独自走到了湖边,在蓝色的湖衬托下,中黄的皮毛呈现出鲜活的光亮。走着走着,还遇见了一位像洋娃娃的小女孩儿,她静静地坐在湖边的岩石上,纯洁而美好。

"旅行,去看你自己想看的部分很重要,各自的收获也只有自己心底最清楚,最好的旅伴,就是给对方足够自由。"

Strolling Around the Lake

湖边漫步

我们都活得太小心翼翼了,这是有问题的。

傍晚,一个人在湖边漫步。这个湖边与其他我所见到过的湖边有一些不同,它完全是自然化的,很野生。我是在旅馆待了一天,实在想出门透下气才来到这个湖边的。去的路上我问了几位当地人。他们告诉我一直顺着这条马路走,然后你会看到一个小道,走到头就能看到湖了。

这像是一个建在沙漠上的城市,走在哪里都会有进一脚丫子的沙。就连街边的小店门口都有可能出现一小片沙滩。这边的街边店铺很多是双层的,也就是你站在马路上,会看到一间上下楼的服装店，它是透明的，你透过橱窗可以看到它大致贩卖的服装风格，有一个搭在外面的楼梯，顺着它可以走到楼上去看个究竟。走着走着，到了通往湖边的那个路口。一样的沙石路，不时有自行车和当地人经过，他们的背影与逐渐变暗的椰树影子融为一体。这条路很像我曾经走过的某段路，熟悉却又陌生。

还没到湖边，已经听到几位孩子的声音了，我看不清他们的样子，可能是天色已黑，他们的皮肤本身也黝黑的缘故，我大致感觉到他们是在和我打招呼，便向正在水中游泳的他们挥着手，说你好。湖边有很茂盛的大树，有些树根已经深埋于水中，树上有猴子在那里跳来跳去，这边的动物似乎与人的关系都比较自然，不会见人就躲，更多的是自己做自己的。我走到湖边的石堆上休息，看着被微风吹拂着的湖面，远处的云彩让人捉摸不定。湖边靠着几艘小船，一位阿伯在那里搬弄着船桨。

一个人散步，特别又身处这般场景化的地方，会很容易胡思乱想。其实，我们远没有自己歌颂的那般高明，我们依然会为大量的并不那么重要的人事烦恼。我们依然无法摆脱虚荣的陷阱，以及一些无休止的攀比与竞争，我们还是怕自己被输掉，只是，我们巧妙地用慷慨的辞藻掩盖了这些显而易见的虚荣。

对，有时激烈的，往往是脆弱的，易变的。

Evidence of naivete

纯真的证据

清晨，起床从旅馆的大门走出，洁白明亮的街道，有一种不真实的舒适感，怎么一个城市可以做到这般的洁净与充满想象力。

沿着马路走，马路的对面常常有一些小风景会让你停下脚步，它们可能是一栋像刚切下来的蛋糕，粉色的，浅蓝的，明黄的，洁白的，每栋楼的形状都很不相同，据说这边拥有土地权的居民都算富裕，或者再怎么也是个中产，所以你会发现他们的别墅都是按照自己的品味构建的，这边也有一些穆斯林，他们就会把自己的别墅设计得像个宫殿，也有一些在这边做生意的中国人，他们的别墅每一个局部都像是杂志上的理想住房的一页。你走到这些街道，会感受到权力与财富。

我们要走到另一条街吃早餐,阳光特别充足,整条街都被照亮了似的。走到了一间面包店,买了蛋糕切片及甜甜圈,两杯咖啡,不慌不忙地吃早餐,大概也只有自由行才可以这样吧,然后我们去到了海边,这里的天空辽阔而宽广,像羊毛的云朵悬挂在空际,有一些彩色的风筝在蔚蓝天空的背景下,显得很童趣。身后是一望无际的大海,有一个瞭望台在前方,我们在它的脚下眺望整片海洋,有一种自由而磅礴的美。今天是这边的新年,所以,很多父母带着自己的儿女,以及年轻人们都纷纷来到海边玩耍,有些在沙滩打板球,有些就面朝着大海,等着海浪的拍打。总觉得,海洋是一个特别的天地,好像每个人在这里都能找到属于他自己的自由。

昨晚,看到一位读者的照片,左侧是我的那本金灿灿的书,右边是一个笔记本,上面画了一张我的头像及摘录了一些我书中写的话,这让我想起了以前读书时,我也曾在笔记本上记录一些我喜欢的句子,甚至诗歌、歌词等,这些都被我称之为"纯真的证据",它们记录了你那个阶段的状态,只是,我的那些证据早已无迹可循了,每一次搬家都会为你的记忆清空一次。

印度

这几天住在面朝海边的旅馆
虽然阿拉伯海相对其他海域
没有那么明亮蔚蓝
但却多了些神秘性
早上依然有很多人沿着沙滩晨跑
也有一些妇女在树下做瑜伽

Curry India

咖喱印度

我在印度机舱里的一个小时里,几乎是在幻觉中的。我一直都不太适应坐飞机,因为我的耳鸣会比一般人严重很多。印度人比其他种族的人可爱很多,同时也会让你生出恐惧。坐我旁边的是一位大胡子男人带着他的一对儿女。这两个孩子一会儿将遮光板合上,一会儿又打开,有时,会有一股很强的亮光射向你,这是我在其他飞机上从未感受到的强光。

从机舱走出,天已经黑了,我们坐在出租车上,看到整个城市都是混乱的。但这种混乱似乎又是一种有层次的混乱,因为它属于这个国度。去到任何一个地方旅行,你都必须收拾好自己的偏见。好好地融于它的节奏当中,如果你总是带着挑剔的眼光,与一身怨气，那么你还不如在开了空调的家里，好好待着。总之，印度，是唯一一个，在出机场去往酒店的车里，看着窗外的城市，我便已经兴奋不已的地方。那些美丽的霓虹灯，那些没有门的坐满人的巴士，那些摩托车上穿着纱裙儿的妇女，以及墙上色彩鲜艳具有波普风格的彩绘……这些都是它与任何地方都不同的魅力所在。

到了白天，这里又是另一番景象。从酒店出来，满地的明黄，那是树上飘下来的小花蕊。我们住的是一片当地比较小资的区域，这里有很多白领，便利店，画廊，咖啡馆。其实，比起看那种很大的景致，我更偏爱在旅途中去找寻那些不一样的小景致，感觉它们是更私人的，更靠近自己内心感受的。从一家别致的干花店出来，沿着那条马路，我们看到路边有一个小画廊，从马路边就能看到二楼的两幅色彩浓烈，笔触粗犷的男士头像油画。走进画廊，与负责人沟通后，才得知这里展出的，都是画廊主的私人收藏，有色彩明艳的抽象油画，有层次分明的版画，以及少量的雕塑作品。这个画廊还有一个后院，一位老妇正在打扫庭院，我总是很期待一座陌生城市正在举办的画展或任何形式的艺术展，因为你可以感受到不同国度，不同文化背景的艺术作品，而这种体验,也是你在画册或网站上所欣赏到的。有所不同的,因为你身在那个国度,你一出门可能就能见到那些平日你在电影里,或画集里所看到的人或景象。这是一种完全深入的,亲历的艺术体验。

还没去印度之前,就听到无数人说这里遍地垃圾,强奸案高发,秩序混乱,水和食物都不干净……这些可能是事实,但它的丰富远远超过这些,这些也不能阻挡我要去到这里一探究竟的决心。"如果一个人不具备善于发现美的眼睛,那么他所看到的世界注定是灰暗的,而我就是要去看到一个完全不一样的,美丽的印度,这是我的职责。"

Mint Street

薄荷的街

来到印度当日,新闻就播出巴基斯坦7.3级地震,印度北部新德里也能感到强烈的震感。而我们幸运地选择了南部的小城Pondicherry。这里的宁静与美好风光,像是一片上天送给我们的礼物,让我们在这里安静地享受它的一草一木。

住的酒店,是李安在拍《少年派》时住过的Le Dupleix,这是一个既典雅又精致的梦幻酒店,一共只有十四间房间。有用铁链悬着柔软床垫的"吊床",干净的走廊,早上醒来时,有美妙的音乐,及非常别致的法式早餐,因为这边曾是法国殖民地,所以街道与各大酒店,餐馆的装修都有一股法式的浪漫与精致。住的地方靠近一个公园,昨晚到达时,已是黄昏,透过栏杆,能看到老人与孩子都在公园里席地而坐,安详且美好。

我们到达印度时,已是这边较热的时节,所以出一次门还是得全身湿透。这边到处是有各种印度服装可供选择的小店,也有一些古董店,朋友一走进古董店就半天不愿出来,因为里边有太多宝贝可以淘了,旅行中买到的一些独一无二的纪念品很珍贵,将来有一天,如果与朋友一起开家小店,店里的小摆设都是各地旅行时带回来的新奇小玩意儿,是非常特别的。像这样的地方,就是不适合太过匆匆的浏览,因为它需要你静下心来,慢慢去体会这座城市的宁静与美好。你从一家小店走出,面前的街道是宽广且干净的,阳光透过树的缝隙,射在地面上,柔和的光束是一种无与伦比的美。

这边的每一条街都是一幅画,印度是被打翻了的颜料瓶。他们敢于运用色彩,并且他们所绘制的墙画,都是富有想象力的。这次的旅行途中,我不时会将所拍摄的照片放在我的网站上,依然还是有很多人在强调印度的强奸案,脏乱差。有时会想,也许就是人与人所关注的点不一样吧,有些人比较在意旅行的舒适度,这更像是一种度假，而非旅行。旅行，是一种身体与心灵百分之百参与的，你得去体验每个地方所向你呈现的酸甜苦辣，如果你因为一个地方的卫生条件不好，就对自己的旅行计划忧心忡忡，那么，你一定没有一双发现城市立体美的眼睛。这让我想起了一部电影，片中男女主角同时坐TUTU车经过印度的一条街，男的手提摄影机里全是污水，贫穷的人，满地的垃圾。女的照相机里却是美丽的鲜花，笑得灿烂的面孔。所以，看你所想看到的最重要。每个人都有各自的视角，去看待这个丰富的世界。

Indian Style Massage

神油推拿

泰国的按摩是那种对方用身体与你的身体进行深度的磨合，他们就是活生生的按摩器，你能感受到对方的温度与韧劲儿。而印度的神油推拿就完全不同了，它是一种几近神学的指尖艺术。

与其他旅游城市一样，你在任何酒店前台都可以看到一个台子，上面是各种各样的DM单，附近有名的餐厅，简易的地图，必游的景点，当然还有这边很出名的神油推拿。因为走了一天，与朋友都有些疲惫了，同时出于好奇，我们拨通了宣传单上的电话号码。去到推拿的地方之前，我们先去吃了一顿PIZZA，印度的餐厅相对斯里兰卡，当然丰富很多，各种风格口味的餐厅都有，有意大利的、法国的、中餐等等。但奇怪的是，所有的餐馆都是在六点（有些是七点）才开始营业。我们走进了好几家餐馆，问"可以用餐吗？"店长都非常守时地告诉我们"不好意思，还没到七点，我们七点后才开门"。最后，终于到了一家以印度PIZZA为主的特色餐厅。对于PIZZA，我时常是被它的美艳外观吸引，然后以吃锅盔的心情结束。吃过最好吃的PIZZA，是在深圳的一个地铁出口，那里有一家PIZZA店有一种榴莲味的PIZZA，那味道真的是让人念念不忘。这边很多柠檬汁儿会给你在上面撒一层像胡椒粉的东西，喝起来味道非常奇怪，总之我是无法下咽的。

从PIZZA店出来，我们坐TUTU车，到了推拿的地方。我和朋友被分别请进了一间只有一台像刑台的推拿床的房间。为我服务的，是一名黝黑的胡子青年。一进去就要求脱掉全身衣服，毕竟没有太多在陌生人面前赤身裸体的经验，所以，当时还是有点不好意思。然后，对方迅速地让我穿上了一条类似日本相扑穿的那种内裤，双手自然放平躺在那个像刑台的木床上。先是从头部按摩起，捏穴位的方式与力道与斯里兰卡的理发师差不多。在加勒理发，你不能错过一个重要的环节，就是他们为你的头部按摩，力道非常的凶猛，但你会觉得特别的舒服，甚至超过全身的按摩。

头部完了后，开始为你清新双脚，然后从脚步关节按摩，轻轻地在你的腿部及胸部滴上神油，他们特有的手法，让你感觉像无数只小鱼在啄你的每个关节，非常舒服。最特别的是，他们会在你的身体上像画几何图案一般进行触点，按摩途中有几次我都以为他们手中拿有一个珠子或者其他什么按摩器在我身上画着圈，后来发现的确只是他们的手指，所以你会觉得这是艺术的，特别的，像画沙画一般。最后，也是整个神油推拿的点睛之笔，他会在你的眉心之间点一个长达半分钟的穴，你能感受到一种仪式的力量，这是非常印度的，具有神秘气息的推拿，试了一次，你便终生难忘。

Soul Pursuing

午间灵修

印度，是一个充满信仰的国度，很多寺庙，以及路上的穿着干净白褂的道徒，都会让你感受到这里与其他地方的不同之处。

第一次在旅馆里睡得这么酣甜，醒来时问朋友我睡了多久？原来已经睡上了两个小时，但丝毫没有那种睡过头的不适感。从红色瓷砖的楼梯走下，有一个露台，墙上有一幅女人半身油画，一把用竹子编制的椅子，躺在上面很舒服。昨晚，我就躺在那里，看天上的繁星。晚上，这座城市是橙色的，有一种意外的美。到了白天，又是极其光亮鲜艳的。旅馆的底楼还有一间可以喝水的小房间，从街道就能透过落地窗，看到一台简单的桌子，上面搭放着一张彩色的布套，两个小板凳。有时候，一个好的环境与空间，无须过多的装饰,简单、随意的搭配,便能营造出让人愿意在那里坐坐的感觉。冰箱里有各种口味的汽水,在这样的空无一人的房间,看着外面在烈日中行走的人们,你会不由自主地去回顾一些平日围绕在你心中的事物与问题。

每个人都是在靠自己的信仰度过每一天的,这种信仰,不一定是宗教,是一种能指引你的方向,并透过它去明辨是非。而关于同一件事物,不同的人,会有天壤之别的评断。只要你在尘世间,就一定会有厌恶你的人,这样的人与赞美的人一样,都是由你的个人行为汇集的。而这些问题,其实是极其虚荣的,都是会阻挠你通向平和的。很多时候,我们是太习惯放弃观察周遭,身边发生的那些美好。转而探着头,去感受那些无法掌握的、善变的虚无,这是凡人最常见的问题,而像印度的这些安静的寺院,这些异国情调的咖啡馆,它们都无法让你真正隔离你日常生活中所面临的那些问题。它们只是一个容器,里面所要盛放的水,以及水的分量,只有你自己去决定。

Utopia City

乌托邦城

This city is so gay!

这是进入这座城的第一感叹,粉红的城墙,地上堆着的黄色沙石,蓝色的天空上悬着一朵洁白的云。这里又与印度的其他地方不太一样了,有点偏中东的感觉。已经掉了色的城墙边上,几只羊儿在那里乘凉。这里外面的温度至少有四十度以上吧,整座城市都像是在烤箱边上。这里很像《西游记》里的某些场景。三五成群的当地妇女,裹着纱丽在大树下乘凉,看到我们这样的亚洲面孔,会好奇地议论及微笑,如果你对着她们拍照,会立刻害羞地躲掉。这边女性的地位还是相对较低的,行为举止都相对拘谨。记得有一次去到海边,在一群小孩儿的追逐缝隙,看到一位妇女依抚着身前的女儿，静静地望着前方浩瀚的大海，我正要拍照，却被身旁的丈夫阻止了。比起她们，国内的女性已经算是比较自由开放了，可以有很多选择，以及放手去做自己想做的事。

这边的男孩儿们，是非常热爱你对他们拍照的。时常当你掏出相机时，一群男孩儿便在一旁摆好Pose，主动要求你给他们拍张照，最后，只需要让他们看一眼自己的照片，便心满意足地微笑着离去。我喜欢他们的校服，每个地区有细微的不一样，有些是下身为紫色的短裤或长裤，上身是一件白色的衬衫，紫色非常衬他们的皮肤，看上去精神又高级。另外一种是绿色的长裤配白衬衫，这样看上去更加清新和自然，有一种童趣在。女孩儿们也是同色系的连衣裙，白袜子配皮鞋，像极了电影中的南亚女学生的穿着打扮。因为这边有一所学校，所以有一个宽敞的操场，一群小孩儿在那边打板球，好像这里的男孩儿都爱玩这项运动，操场的入口处有一尊很有意思的雕塑，一位裹着头巾的大胡子男人，左手揽着一堆麦穗，裹着一条米黄色的裙裤，腿微微地向前迈着，特别像你在路边看到的那些当地人的样子。

旅途中，我总热衷去捕捉每一张孩子单纯的脸，你似乎能从他们清澈的双眼中看到一些自己已经逐渐淡去的纯真。

Crow's Day

乌鸦叫了一整天

木心,有一本诗集,叫《云雀叫了一整天》,这里没有云雀,只有乌鸦。

住的旅馆,是靠在阿拉伯海边的,由于是淡季,所以早上去楼上的饭厅吃饭时,那位原本在椅子上看报纸的年轻服务生有些手足无措。他是那么年轻,如果剃掉胡须,也就十七八岁的样子吧。不知道为什么,在印度总能看到未成年的服务员。有一晚在一家靠海的餐厅吃饭,一位年轻服务员,远远地飞奔着过来,但到了餐厅的门口却立即放慢了脚步,故作优雅地将一只手放于后背,轻轻地将盘子放到我们面前。他们总能让我想到《贫民窟的百万富翁》里的那群奔跑着的孩子,你也只有去到了这些国度,才能真正地感受到电影中的那些文化冲突与他们的真实生活场景。

吃完早餐，可以走到一边的露台上休息，头顶是茂盛的大树枝丫，能看到一只只乌鸦在树叶间嬉戏。有时它们会飞到你的桌子上来，吃你放在桌上的食物，所以你必须将它们不客气地轰走。然后，它们就会在你的周围"吱吱嘎嘎"地叫个不停，就像我们这边夏天会有知了一样，你到了印度，必须得像习惯知了一样习惯乌鸦。

在坟场附近，的确有更多的乌鸦，但对于无神论来说，那只是因为这边更容易有一些它们可以觅食的机会罢了，我不太情愿去观察乌鸦吃东西时的情景，因为看上去比较残忍和不舒服，有一次在海边看见一只乌鸦在津津有味地咀嚼着什么东西，后来才看到是一只鸡爪。

待在靠海的地方，就会有很多故事，有一天，和朋友在海边散步，其实阿拉伯海挺灰的，并不像其他的海域那么明亮蔚蓝，但似乎也多了一些神秘与故事性。走着走着，突然听到前方有悦耳的小提琴声。然后，一位提着小提琴的流浪艺人向我们走来，他说

"想听一首古老的美丽音乐吗？"朋友说"唱你想唱的吧"。于是，一段异域风情的旋律在海边飘荡起来，朋友给完小费后，他非常得意地对我们说"YouTube上有我的一段视频，你们一定得去看看……"

一直记得，那位海边偶遇的流浪艺人接过小费时，完全没有看到底给的多少，而是眉梢上扬地为我们介绍他在网上流传的视频，这让我想起身边那些一直沉浸在艺术世界里的人，他们是真的不计较到底可以通过这些才华技艺换来多少钱，而是希望一直享受在所热爱的这个氛围当中，他们当然也需要更大的舞台，受到更多的肯定，只是也许最大的舞台，恰恰是他们这漫长的一生。

Old Town ,Cherry Tree ,Cat and the Corpse

古城樱桃树猫尸体

清晨醒来,在旅馆的阳台休息,这是一栋古老的,正在重新修护的老别墅,从阳台望出去,有一棵大大的挂满红色樱桃的大树,有些破旧的楼房,浅黄色的墙面有些脱落,一只猫坐在楼梯的台阶上。

等到太阳渐渐升起的时候,楼下开始多了一些身影,几位下身裹着布裙的男人在讨论着什么,然后拿来了梯子,和一些木条,原来是要修护搭建我眼前的这栋几近老朽的旧楼。大概也只有旅行时,你才能如此静下心来,去观察、感受世界上的每个国度的人们,是如何度过一个清晨的,就像我们早上正在挤地铁时,而他们正在搭房子。这边除了乌鸦的叫声,还能听见其他种类的鸟的声音，它们有时还会发出类似只有争吵和打架时才会发出的那种叫声。你在这样的地方休息，当然不可能完全的思绪留白，你依然会去想那个熟悉的地方，你的生活环境里所遇到的那些人和事，那些你愿意做的，和不愿意做，但迫于情面不做又有点于心不忍的事。

这间旅馆，是我和朋友在闲逛时，无意间看到的，刚开始是被外墙的茂密的爬山虎吸引住了。那些爬山虎覆盖着几乎整栋楼，甚至阳台也被这大面积的绿包围着，有一种古典的浪漫。旅馆的大厅墙面上挂着一些印度人像脸谱，沙发的上方也挂着一幅抽象派水彩画。我们上了楼，看到其中一间靠街边的房间，空荡简洁的卧室，一张古典的木床，床头放了一印度传统男头像，虽然初看有些诡异，但也符合印度这片无奇不有的国度整体调性。印度，像是一片完全自成一派的国度，这边有太多只有印度人民才想得出来的事物了。比如，印度教里有如此多的神，他们的吃饭方式，他们每天听的音乐。记得有一次清晨出门，遇见了一位男孩儿踩着单车从家里出来，他的手机铃声也是那种印度歌舞风格的流行音乐，就连他们的马杀鸡也是与其他国度截然不同的，他们会像在你身上施法一般，在你的眉心及肚脐周围画圆，你会感受到一种仪式感。

昨天傍晚，与朋友准备去一家靠海的餐馆吃饭，看到在一个垃圾堆里，一位看上去穿了裤子，似乎又没穿的乞丐在地上打着滚儿。我想他大概是吃了不干净的食物，坏了肚子。你想想，就连我们在印度的餐馆吃饭都会坏肚子，何况这样的靠捡别人吃剩下的乞丐。我看到他渐渐与那堆垃圾融为一体的身躯，是第一次看到这么临近生与死之间的人们，他们的问题不是一顿饭，以及几瓶止泻药的问题。

曾经有位哲学家说"惧怕死亡是非理性的行为，因为在死亡到来时，人们的惧怕与其他意志将会全部消失"。所以，你很难说刚才那位乞丐是真的比我们更惧怕死去的，在死亡还没有到来时，我们与那位乞丐的命运，有一些不同，但没有完全的胜负。

Art in India

ART IN INDIA

无论去到任何特别的国度，只要有机会，一定得去看一场当地的戏剧演出，它能让你深入地了解到这个国家以及民族的另一面。你会了解到，原来世界的其他地方，有这么多完全不同的艺术结构与文化面貌，你只有亲眼去看到了，感受了，你的资料库才得以更新，丰富。

科钦，完全是一个流动的美术馆。记得我们第一天到达这边时，已经是深夜，但还是能看到街道的墙上画着各种Cult图案的涂鸦，当时就有点迫不及待地期待第二天天明时，好好地去欣赏一下这些流放于民间的艺术。这座城曾被荷兰、西班牙、意大利等国先后殖民过，所以，它是混血的，艺术的，具有开放性的。这边的街头涂鸦有完全写实油画,有以线条为主的,有政治性的,也有宗教意味的,有孩童般的随意涂鸦的,也有意识流的抽象色彩撞击……每一个画面都是极其精美的,任意挑一幅,裱框就可以直接送入美术馆。

印象较深的一幅涂鸦作品,是一栋正在修建的咖啡馆,整面墙上绘制了一幅别开生面的乌托邦世界。有穿着当地服装的老奶奶,彩色的建筑,在城市上空飞翔的乌鸦,直立云霄的钢管女郎,猴子……,这些混搭的,但似乎又有一些内在联系的事物,让这面墙无与伦比的丰富。像这样的街头墙绘,在科钦的街头随处可见。走在这样的城市,你很像换上了一幅更多彩的镜片,你总能看到太多平日没有办法看到的意外之景,这也是为什么我总是渴望定期去到一些完全不一样的城市,最重要的原因。

晚上,去看了当地的一场传统戏剧演出,因为去晚了一点,所以错过了开场,听说开场是纯印度风格的歌舞,非常精彩。我看到的已是第二场,一进场我就被舞台上那位穿得很像比约克某张唱片封面的艺人吸引住了,服装非常有特色,加上极其夸张的面部表情与肢体动作,在一旁的广播解说下,很容易明白他所扮演及要表达的。另外,世界上所有顶级的艺术,一定是雌雄同体的。

世界上的每一次演出,每一处街头涂鸦都是等待着你去遇见的,你只需要用一颗自由的心去迎接它们。

God's Own City

GOD'S OWN CITY

这大概是唯一一座我完全舍不得离开的城市——科钦,它还有另外一个名字"GOD'S OWN COUNTRY"。它太不一样了,完全就是被遗忘的仙境。

从来没有看到任何一片土地像科钦这般特殊,它好像天生就是让热爱自由的旅客随时过去驻足的天地。它不大,但足够丰富。你可以在酒店睡到自然醒,然后随便穿条短裤,去到海边晨跑,你完全不用担心在这边会因为起太早,还没有人陪你晨练。到了海边,你一定会看到已经跑了好几圈的青年们,还有沙滩上那些打板球的男孩儿们,有些女士会在沙滩边的大树下,铺一张巨大的地毯,然后在上面做瑜伽。这样的清晨,是健康的,富有活力的。

当然，还可以吃上一份丰富的早餐，这边的熏肉特别好吃，还有燕麦粥。

中午，外面比较热，但你也可以骑着自行车去到Bastion Street的每一家小店闲逛，这边有各种你想要的小玩意儿，有色彩鲜艳，表情丰富的木头玩偶，有给大象打扇的特大号孔雀羽毛扇子，有质地柔软，富有嬉皮风格的纱裙儿，当然还有专门卖印度传统工艺的二手古董店，你在里面可以找到真正的，超重的"金书"，以及雕有莲花和大象的铜质烛台，都是具有异国风情的。逛累了，可以在这边的冰淇淋屋，Art Cofe等甜品店休息，这边很多店是靠在街边的小楼上，可以在上面一边喝水，一边看楼下的街道及路人。在印度吃午餐当然离不开咖喱，他们可以在任何你能想到的食物上裹一层咖喱。这边还有一些卖香料的店，你走进去才会感受到这才是真正意义上的"气味博物馆"，胡椒、咖喱、柠檬、干花、姜、薄荷……各种味道，层次分明地弥漫于你的嗅觉。

下午，是这座古城最慵懒的时候，很多店，你走进去会发现，老板自个儿蜷卧在木凳上酣酣地睡着午觉，你可以去到这里的任意一家按摩店,做一下午的头部按摩,或全身按摩,神油及这边特殊的按摩方式,会让你整个下午身心都得到放松。这边还有一种头部Spa,是由40多种不同薄荷调制的药水,从你头部用漏斗慢慢滴下,听起来都让人心旷神怡。

傍晚时的阿拉伯海是最迷人的,因为在"中国渔网"附近的夕阳是最美的,渔民开始纷纷收网,小孩儿们的背影在落日的残晖中若隐若现,夕阳洒在海面上,整片沙滩都变成橙红色了。

后序

曾经读过一本毛姆的书,叫《客厅里的绅士》,通读下来,才发现与客厅、绅士毫无相关,是一本作者游历东南亚的旅行随笔集。从那时起,便萌发了将来写一本没有任何攻略,只是通过作家的视角,去讲述,记录,描写一些城市,以及那些城市的人情点滴的书籍,如果读者看完整本书后,有想去到书中提到的旅馆、景点一探究竟的冲动,那就太好不过了。

旅行,就是要去遇见你未曾遇见过的,然后,继续梦你所梦。

图书在版编目(CIP)数据

樱桃之书 / 杨昌溢著. — 重庆：重庆出版社，2014.1
ISBN 978-7-229-07301-5

Ⅰ.①樱… Ⅱ.①杨… Ⅲ.①游记-作品集-中国-当代 Ⅳ.①I267.4

中国版本图书馆CIP数据核字（2013）第300877号

樱桃之书
YINGTAO ZHI SHU

杨昌溢 著

出 版 人：罗小卫
策 划 人：郭 宜 杨 帆 周 瑜
责任编辑：杨 帆 周 瑜
责任校对：杨 媚
书本设计：胡靳一 ADC 金雅迪設計中心 周 瑜 杨 帆
设计助理：卢 丹

重庆出版集团 出版
重庆出版社

重庆至乐文化传播有限公司 出品
重庆长江二路205号 邮政编码：400016 http://www.cqph.com
深圳华新彩印制版有限公司印刷
重庆出版集团图书发行有限公司发行
E-MAIL:fxchu@cqph.com 邮购电话：023-68809452
重庆出版社天猫旗舰店
cqcbs.tmall.com
全国新华书店经销

开本：787mm×1092mm 1/32 印张：9.25 字数：300千
2014年1月第1版 2014年4月第4次印刷
印数：200 001-250 000
ISBN 978-7-229-07301-5
定价：49.00元

如有印装质量问题，请向本集团图书发行有限公司调换：023-68706683

版权所有 侵权必究

飞机的坏品位

原名杨昌溢，作家，美学创意人，曾出版《香蕉哲学》、《薄荷日记》，首本文集便畅销五十万册。擅用独特态度陈述和充满诗性的影像折射出当代年轻人的反思与共鸣。作品常以短文搭配诗歌的形式，零碎中又有其逻辑，对当代人身份的焦虑、人际关系、情欲、理想、孤独等问题进行了独特而深入地探讨。最新作品《樱桃之书》是作者第三本个人随笔集，也是其首本旅行游记，通过细腻、独特的旅客心理与状态描写，呈现出一种截然不同的「漫游式」文体。

飞机的坏品位·书系

现已出版 《香蕉哲学》《薄荷日记》《樱桃之书》

即将出版 情爱参考／电影随笔／短篇小说／诗集

特别鸣谢

感谢 谢一雄先生 对于本书的知识供给

熟悉我的编辑 杨帆 周瑜 对于本书所付出的心血

以及我的御用设计师 胡靳一先生

本书英文翻译 伊娃 英文校对 王凡

感谢 重庆出版社 对于"坏品位书系"的重视与支持

最后感谢 家人 朋友 读者 以及生命中遇见的每个人

是你们丰富了我的书